新潮文庫

深夜特急 1

―香港・マカオ―

沢木耕太郎著

新潮社版

5235

目次

深夜特急1

―香港・マカオ―

ミッドナイト・エクスプレスとは、トルコの刑務所に入れられた外国人受刑者たちの間の隠語である。脱獄することを、ミッドナイト・エクスプレスに乗る、と言ったのだ。

第一章　朝の光

発端

1

ある朝、眼《め》を覚ました時、これはもうぐずぐずしてはいられない、と思ってしまったのだ。

私はインドのデリーにいて、これから南下してゴアに行こうか、北上してカシミールに向かおうか迷っていた。

ゴアにはヒッピーたちの楽園があると聞かされていた。それがどのような種類の楽園なのかは定かでなかったが、少なくとも、輝くばかりのゴアの海沿いの土地では、デリーやカルカッタの何分の一かの金で楽に暮らすことができるという話に嘘《うそ》はないようだった。

一方、カシミールはインドの高級避暑地でもあり、ゴアのような安上がりの生活は期待できないが、なによりも、雪を頂いたヒマラヤの高峰群を間近に望むことができるというだけで心ひかれるところのある土地だった。

〈黄金のゴアにしようか、それとも白いカシミールにしようか……〉

私は迷いながら、しかしいつまでもその迷いを宙吊《づ》りにしたままデリーにとどまり、その日その日を無為に過ごしていた。

日本を出てから半年になろうとしていた。

アパートの部屋を整理し、机の引出しに転がっている一円硬貨までかき集め、千五百ドルのトラベラーズ・チェックと四百ドルの現金を作ると、私は仕事のすべてを放《ほう》擲《てき》して旅に出た。

私にとって、千九百ドルという金はかなりの大金に思えたが、実際に使いはじめると減るのは速かった。たとえどんなに貧しくつましい旅をしていても、腹が空けば何かを口に入れ、夜になればどこかに泊まらなくてはならないのだ。しだいに薄くなっていくトラベラーズ・チェックを、一枚、また一枚と切るたびに、果たして俺《おれ》はあとどれくらい旅を続けられるのだろうか、と不安を覚えるようになっていた。

しかし、私がその朝、もうぐずぐずしてはいられないと思ったのは、必ずしも金が理由ではなかった。

デリーはニューデリーとオールドデリーの二つの地域から成るが、私が泊まっていた宿はニューデリーの鉄道駅の裏手に広がるメイン・バザールの一角にあった。人の流れの激しい、猥雑《わいざつ》で活気のある通りに面しており、周囲には、雑貨屋、履物屋《はきものや》、生地屋《きじや》、錠前屋などが立ち並んでいた。

香辛料を商う店からは、金盥《かなだらい》のような容器に山盛りにされた赤唐辛子やターメリック、あるいはナツメグ、黒胡椒《くろこしょう》、コリアンダーといった数十種の香辛料が放つ強烈な匂《にお》いが複雑にからみあいながら漂い出し、それがバザール全体を覆《おお》いつくしていた。匂いは宿の中にも流れ込み、私の部屋の壁や天井やベッドにさえも沁《し》みついていた。

私の部屋、といってももちろん個室ではない。ドミトリー、つまり大部屋だ。外の通りと地つづきの土間に、インド式のベッドが十ほど無造作に並べられている。要するに、どうにか雨露がしのげ、土の上で寝なくてすむ、というだけの宿なのだ。しかし、一泊四ルピー、およそ百四十円というデリーでも極めつきの安宿に、さほど多くを期待する客がいるわけでもない。

宿の親父《おやじ》は、通りに面した出入口に置いてある壊れかかった机の前に坐《すわ》り、日がな一日ぼんやりと人やリキシャの往来を眺《なが》めている。客はその親父に四ルピーの金を渡し、空いているベッドに身を横たえる権利を得る。宿には、そのようにしてベッドひとつ分の空間を自分のものにした若者たちが、これもまた一日中なにをするでもなくゴロゴロしていた。

ドイツ、フランス、オランダ、イギリス、アメリカ、そして日本。それぞれ国籍や肌《はだ》の色は違っていても、誰もが嬉々《きき》として観光名所を巡るにはあまりにも長くインドにいすぎた旅行者だということに変わりはなかった。食事をする時にぶらりと出ていくくらい、そして帰ってくると自分のベッドの上でハシシを吸うくらいしかすることがない。バザール近辺の安食堂なら一食五、六十円で腹を満たすことができる。つまり、一ドルあれば、どうにか一日が過ごせるのだ。

デリーばかりでなく、カルカッタでも、ベナレスでも、ネパールのカトマンズでも、最下級の安宿には、一ドル前後で暮らせる生活に身を浸し切り、重い沈澱物《ちんでんぶつ》のようにベッドから動かぬ若者が数多くいた。あるいは、私もまたそうしたひとりであったかもしれない。

このデリーの安宿は、カトマンズの一泊七十五円というような途方もない安さには及びもつかなかったが、居心地は悪くなかった。ここにほんの一晩か二晩泊まるだけで、翌朝には元気に次の目的地に向かって出発していくといった旅行者でもないかぎり、他人にうるさく構おうとする気力を残している宿泊者はほとんどいなかった。自分から話し掛けなければ誰からも話し掛けられず、外部からはまったく切り離されたひとりだけの時間を過ごすことができる。そのようなある種の無重力状態は、刺激もないかわりに奇妙な安らぎがあった。

たとえば朝、ベッドの上で眼を覚ますと、今日一日どうしようかと考える。考えても何も思い浮かばないので、再び眼を閉じ、そのままの姿勢で横になっている。やがてそのうち、周りのベッドの連中が、ひとり、またひとりと起きはじめる。しばらくして、私もベッドから体を起こし、着古して薄汚れてきたピジャマとクルタを身につける。

起きたからといって急にすることが見つかるわけでもないが、とにかくベッドの傍《そば》から離れ、宿の外に出て表の通りを歩きはじめる。まず行くのは近くのチャイ屋だ。

チャイとは茶、インドでは紅茶をさす。インドの紅茶は、イギリス風の気取った飲み方をするものではなく、紅茶と砂糖と牛乳を鍋《なべ》に叩《たた》き込み、煮立ったところで茶漉《ちゃこ》しを通して器に注ぐという、粗野だがこってりしたミルク・ティーがほとんどだった。

私は、乏しい金をいくらかでも倹約するために朝食を抜き、かわりにチャイを一杯だけ飲むことにしていた。

馴染《なじ》みになったチャイ屋の親父は、バケツにはった水をくぐらせただけで洗ったコップを受け皿にのせ、そこに溢《あふ》れるほど注《つ》いでくれる。まず受け皿にこぼれたチャイをすすり、それからコップに口をつける。熱すぎる場合には受け皿に少しずつこぼし、さましながら飲む。インドではそうした一杯が一ルピーの五分の一、二十パイサか三十パイサほどだった。私は僅《わず》か七、八円のそのチャイを、インドの暇人《ひまじん》と一緒に時間をかけてすする。

だが、いくらゆっくり飲んだとしても、それで一日が終るわけではない。時計を見るとまだ九時にもなっていないのだ。そこで、再び、表通りに出て歩きはじめる。

陽《ひ》はすでに高く、熱気がねっとりと体にからみついてくる。そして、目的のない足は自然にコンノート・プレイスに向かってしまう。

コンノート・プレイスはニューデリーでも最も繁華な場所のひとつであり、そこへ行けば何かしらに出喰《でく》わすことになる。面倒なことにもぶちあたるが、退屈しのぎにもなる。コーヒー・ハウスを覗《のぞ》けばどんな国の旅行者でも見つけられたし、ロータリーになっている周囲の通りを流して歩けば、闇《やみ》ドル買いや偽航空券売りのひとりや二人は必ず声を掛けてくる。そんな誰かの相手をしたり、商店のいくつかを冷やかして歩いていると、どうにか昼になる。

私は駄菓子屋《だがしや》でコッペパンのような素朴《そぼく》なパンとボウリングのピンのように大きくて太い牛乳を一瓶《ひとびん》買い、近くの公園の木蔭《こかげ》へ行く。そして、鈍重な動きでうろうろしている野良《のら》牛を眺めながら、これもまたゆっくりと昼食をとる。だが、まだ一時だ。仕方なく、今日の午後は国立博物館にでも行ってみようかと思う。

館内に入り、何千、何万の人の掌《て》によって撫《な》でまわされたため、出っぱった腹に妙な艶《つや》の出ているクベラ神の像を眺め、気に入っている細密画を眺め、古色蒼然《そうぜん》たるジャイナ教の経典を眺めると、何度目かのこの博物館に見たいものがなくなってしまう。

休憩室でチャイを飲み、六十五パイサで買ったアエログラムに誰にともなく手紙を書きはじめる。しかし、冒頭の一行を書くと、もう別に書くことがないことに気がつき、途中でやめてしまう。

帰りは少し疲労を覚え、宿の近くまでバスに乗る。超満員のバスにどうにかもぐり込み、辛《かろう》じて片手で手すりを摑《つか》み、振り落とされないように必死でしがみつく。降りると、さらに疲労が激しくなっているのに気がつき、思わずひとり苦笑してしまう。そこで、バザールの入口でささやかな店をはっているジュース屋に寄り、マンゴーをしぼってもらう。私にとっては、一日のほとんど唯一《ゆいいつ》の贅沢《ぜいたく》が、この夕暮れに飲むジュース一杯であることが少なくなかった。

宿に戻り、ベッドの上で少し休み、陽が沈んでいくらか涼しくなりかかった頃《ころ》、バザールの食堂に夕飯を食べに行く。

決まって食べるのは七十円ほどの定食である。一枚の大皿の上にすべてがのっかっている簡単なものだ。カレーというよりは野菜の煮込み汁といった方が理解しやすい主菜と、チャパティか米飯。あとは、日本の一膳飯屋《いちぜんめしや》の定食でいえば味噌汁《みそしる》にあたるダール、沢庵《たくあん》のような役割を持つ生タマネギの切れはし、それにヨーグルトというよりは乳酸飲料に近いダビーなどがついてくる。

とにかく、そのようにして眼の前に置かれた一日の最初にして最後の豪華な正餐《せいさん》を、まず眼に与え、次に右手の三本の指に味わわせ、それからようやく舌の上に運ぶ。

食事が終ると、もう眠ることしか残っていない。宿に帰ってベッドの上でぼんやりする。やがて夜が更《ふ》け、周りの連中がそれぞれに寝る仕度を始める。木の枠《わく》に網を張っただけのインド風ベッドに、思い思いの格好で横になる。昼間の服のままで眠る者、シーツ一枚を体に巻きつけて眠る者、バスタオル大の布をかけて眠る者。だが、多くは寝袋を敷き、その中にもぐって眠る。外と木の扉《とびら》一枚でしか仕切られていないこの部屋は、早朝かなり冷え込むのだ。

私もやはり網の上に寝袋を敷き、裸になってその中にもぐり込む。他の連中もほとんど裸になるが、パスポートと現金だけは、パンツの中にしまったり、首から吊るした皮袋に入れたりして、しっかり抱いて寝る。それは同室者を疑うとか疑わないとかの問題ではなく、あとでごたごたしないための、ドミトリー暮らしをする者の最低限のエチケットといってよかった。私もまた大事なものを胸に抱くと、ハシシをやりすぎた男のキキキというような笑い声を聞きながら、いつもと変わらぬ、あまり快いとはいえない眠りにつくのだ……。

その日、眼を覚ますと、表の通りでは早朝の喧噪《けんそう》が始まっていた。インド人の朝は早い。それはこのバザールも例外ではなかった。七時前というのに、人々が往きかい、舗装のしてない路面からは土埃《つちぼこり》が舞い上がる。そこを朝陽が強烈に射抜いて部屋に差し込んでくる。光の中で埃がキラキラと輝き、光の真っすぐな道筋が鮮やかに浮き出ている。その様が、寝ながら顔を少し右に向けるだけで見通すことができた。だが、私に眼覚めの爽快《そうかい》さはなかった。

〈また、朝になってしまったのか……〉

私はその光から眼をそらし、何気なく顔を左に向けた。そこにはフランス人の若者が寝ていた。同宿のオランダ人がピエールと呼んでいたから、恐らくそれが名前なのだろう。私はそのピエールの寝姿を見て、心の底から驚いてしまった。狼狽《ろうばい》してしまった。見てはならぬものを見てしまったような気がした。そしてそのとき思ったのだ、もうぐずぐずしてはいられない、と。

私が見た時、ピエールはすでに眼を覚ましていた。だが、彼は起きようとする気配もなく、ぼんやりと天井を眺めていた。横顔は、今まで眠っていたとは信じられないほど疲労を濃く滲《にじ》ませ、眼は背筋が冷たくなるほど虚《うつ》ろだった。そうだ、しかし起きたところで何をしたらいいというのか。動物園に行ってホワイト・タイガーと睨《にら》めっこでもするか、ラージ・ガートへ行ってマハトマ・ガンジーでも偲《しの》ぶか、それとも……。だが、ピエールもまたそのすべてをしてしまっていたのだ。

彼は旅に出て四年半になると言っていた。カナダに渡り、アメリカから日本、オーストラリアを経て、インドシナ半島に来た。さらにインドに渡り、中近東を経て、いったんはフランスに帰ったが、すぐに落ち着かなくなり、またインドに舞い戻り、亜大陸をくまなく歩き、さてこれからどうしようかと迷っているところのようだった。陽気な男で、私と初めて顔を合わすやいきなり日本の童謡を歌い出したものだ。

カーゴミ　カーゴミ

カーゴノナーカノ　トレーハ
イト　イト　デーヤール

それにしても、この虚ろさはどうしたことだろう。籠《かご》の鳥と違ってどこにでも自由に飛び立てるはずなのに、異国の安宿で、薄汚い寝袋にくるまり、朝、茫然《ぼうぜん》と天井を眺めてみじろぎもしない。その姿には、見ている者をぞっとさせる、鬼気迫るものがあった。

慄然《りつぜん》としたのはそれが決して他人事《ひとごと》ではないと思えたからだ。私もいつピエールのような眼をして天井を見上げないとも限らない。いや昨日、あるいは一昨日、俺もあのような眼をして天井を眺めていたのではないか、と思ったからだ。ピエールと違って、私はフランス人の底なし沼のような頽廃《たいはい》に身を浸し切れるほどしたたかではなさそうだった。

早く、できるだけ早く、ここから出て行かなければならない。ゴアもカシミールもいいが、それよりまずインドから脱け出すことが先だ。インドにいる限り、いつかはピエールのようになる。どこかの安宿に沈澱し、動く意欲すら失なってしまうだろう。そうだ、もう出発すべき時なのだ。

私はいつもと違う勢いでベッドからとび起き、寝袋を片づけはじめた。周囲の連中は、私のその慌《あわ》ただしさに怪訝《けげん》そうな視線を向けてきた。中には、きっと悪い夢でも見たのだろうといった冷ややかな顔つきの若者もいたが、私は、実に久し振りに、体のすみずみまで気力が満ち溢れるのを感じていた。そして、私はその昂揚《こうよう》感を逃がすまいと、懸命に自分に言いきかせていた。さあ行こう、デリーからロンドンまで。乗合いバスを乗りつぎながら、行けるところまで行ってみよう、と。

2

宿を出たのは、しかしその日もだいぶ遅くなってからだった。朝に決心したのだからすぐにでも出発すればよかったのだが、ロード・パミッションをめぐる事件のおかげで、夕方、それもあたふたと宿をとび出していくはめになってしまった。事件、というのはいささか大袈裟《おおげさ》すぎるかもしれない。宿の親父の過剰な商売熱心さに翻弄《ほんろう》された、といった方が実態に近いように思える。いや、なにより私がうかつすぎたのだ。はっきり確かめもせず、早呑《はやの》み込みをしてしまった。

ロード・パミッションとは、インドとパキスタンとの外交関係が悪化しているため、両国の国境を陸路で越えようとする者が必ず持っていなければならない許可証のことである。私はまだその書類を取っていなかった。しかも、悪いことに、その日は土曜日で役所が休みときている。

「ロード・パミッションは国境でも取れるかい」

机の前に坐り黙って表通りを眺めている宿の親父に訊《たず》ねてみた。だが、親父はロード・パミッションが理解できないらしく、不思議そうな顔をしている。

「つまりさ、インドからパキスタンへ行く時、ビザ以外に必要な書類よ」

大きな身振りを交えて説明すると、親父はやっとわかったらしく、国境でなど取れるわけがない、ときっぱり断言した。

「書類は役所でしかくれない。今日は土曜日だ。月曜日に申請して、火曜日におりる。お前はあと三日このホテルに泊まらなくてはならない」

ひとたび出発しようと決心した身にその三日は長すぎるように思えたが、通行許可証がないことにはどうしようもない。私ははやる心をどうにかなだめすかし、その日もいつもと変わらぬ一日を送っていた。

夕方になって、ロード・パミッションはどこに行けば取れるのか知らないことに気がつき、ちょうどベッドにいたピエールに訊ねた。すると、彼が怪訝そうな表情を浮かべた。

「ロード・パミッション？　ああ、あれならかなり前からいらなくなったんだよ」

「本当に？」

傍で聞いていた別のひとりも必要ないと言う。彼は一カ月前にパキスタンから入国してきたのだから間違いないと言うのだ。これはしまった、しくじった。宿の親父に一杯喰わされた。こちらがそそっかしくてドジなのだから、誰を責めるわけにもいかないが、腹の虫が収まらない。親父をつかまえ、なじった。

「もういらないっていうじゃないか」

すると、親父は大きな眼をさらに大きく見開いて言った。

「何が？」

「ロード・パミッションさ」

「パミッション？　いったいそれは何だい」

「…………！」

返す言葉もなく、しばらく呆然《ぼうぜん》と親父の顔を眺めたあとで、私は慌てふためいて荷物をまとめ、宿をとび出した。

私はニューデリーの鉄道駅に行き、構内の旅行案内所へ足を運んだ。国境方面へ向かうバスについて教えてもらおうと思ったのだ。

ところが、案内所にいた若い男の係員は、ここは鉄道の案内はするがバスは関知するところではない、とまことに冷たい応対なのだ。インドの、この類《たぐ》いの官僚主義に慣れっこになっていた私は、どこから発着しているかだけでも教えてくれないかと喰い下がった。

「どこの町だ」

係員は面倒臭そうに訊《き》いてきた。別にどこと決めていたわけではないが、地図を広げ、眼に留まったアムリトサルという町を指さすと、係員はさらに不機嫌《ふきげん》そうな表情になり、それなら鉄道で行け、ここから出ている、と言った。

「バスで行きたいんだ」

私が言うと、係員はいくらかむきになったようだった。

「どうしてだ」

「どうしても、だ」

その返事が癇《かん》に触わったらしい。係員は周囲にいる人々が驚いて振り返るほどの大声でまくし立てた。

「なぜバスなんかで行かなければならないんだ。鉄道の方がベターだ、カンファタブルだ、ラピッドだ、セーフティーだ！」

彼の言うのはいちいちもっともだった。頷《うなず》きながら聞いたあとで、

「でも、バスで行きたいんだ」

と私がそう主張すると、さすがにむこうもサジを投げたらしく、どうにでも好きなようにしてくれというような顔をした。

なぜユーラシアなのか。それもなぜバスなのか。確かなことは自分でもわかっていなかった。日本を出ようと思った時、なぜかふとユーラシアを旅してみたいと思ってしまったのだ。

理由はなかった。だが、そのユーラシアを陸路で行こうと決めたのには、僅《わず》かながら理由らしきものがないではなかった。日本を離れるにしても、少しずつ、可能なかぎり陸地をつたい、この地球の大きさを知覚するための手がかりのようなものを得たいと思ったのだ。たとえ町から町の、点と点を結ぶ単なる線の移動にすぎないにしても、いくつかの国を陸路で越えていくことで、ある距離感を身につけられるかもしれない。それは、私が訪れた最初の異国である韓国のソウルに降り立った時、いったい

ここからどれほど歩けばパリに辿《たど》り着けるのだろう、という感慨を抱いたこととどこかでつながっていたに違いない。

しかし、その陸路をつたうべき乗物としてバス、それも乗合いバスを選ぶことにしたのは、もう酔狂としか言いようのないものだったと思う。

デリーからロンドンまでバスで行くことができるか。

日本を発《た》つ前、友人たちに話すと、意見は半々に分かれた。しかも、バスはバスでも乗合いバスで、と言うと九対一になった。もちろん「否《いな》！」が圧倒的だった。ロンドンからデリーまでの直行観光バスでさえ「幻のバス」とかでつかまえにくいのに、乗合いバスなどで行けるわけがない、と言うのだ。数少ない、行けるのではないかという意見の友人も、その理由となるとすこぶる怪しく、昔からシルクロードというくらいだから今もきっと道があり、道あるところに駱駝《らくだ》おり、駱駝のかわりに自動車が走り、バスも同じ自動車である以上、どうして乗合いバスが走っていないと言えようか、といった程度なのである。

そこで、デリーからロンドンまで乗合いバスで行けるか行けないか賭《かけ》をした。「否」を主張する友人たちとニギッたのである。一口千円、前払い、行けなかったら倍にして返すという約束だった。私は彼らから金を受け取る際、こううそぶいたものだった。

「三カ月か四カ月後には、ロンドンの中央郵便局から《ワレ成功セリ》って電報打つから楽しみに待ってろよ」

ところが、日本を出て、香港《ホンコン》、マカオ、東南アジア、そしてインド、ネパールとうろついているうちに、出発点のデリーへ着く前にその四カ月は過ぎてしまったのである。そして、いささかきつい旅を続けるうちに、あの賭も友人流の餞別《せんべつ》の渡し方だったのだなということが認められるくらいには、素直になっていた。ロンドンに着くことができたら、《ワレ成功セリ》とでも電報を打つことにするか。そう思いはじめていた。

デリーからロンドンまで、どのくらいの距離があるか。

たとえば、コンノート・プレイスに屯《たむろ》する偽航空券売りのアンチャンに貰《もら》ったシンガポール航空のルートマップによれば、六千五百キロメートルとのことである。地球一周が四万キロだから、およそ六分の一にあたる。ところが、これをバスで行こうとすると、あちらこちらに寄り道するのを含めれば、二万キロは優に超えるのである。地球を軽く半周してしまう。

そのような長い距離を、きっとガタゴトだろうオンボロの乗合いバスに乗って、尻《しり》の皮は耐え得るだろうか。すり切れないだろうか。山賊に襲われないだろうか。途中で運行停止になり、砂漠《さばく》の真ん中でおっぽり出されないだろうか。私にしても情報らしい情報があったわけではなかったから、心配の種は尽きなかった。

だが、デリーからロンドンまでの乗合いバスの旅にとって最大の困難は、山賊でも、胃下垂でも、尻のすり切れでもなく、ニューデリー駅の若い係員のような「鉄道で行くべきだ」という偏見なのであった。

バスなどではなく汽車で行け、という頑強《がんきょう》な主張は、偏見というより正論、あるいは好意からの忠告なのかもしれなかったが、押しつけられるとひどく迷惑だった。

もっとも、こちらに弱味がなかったわけではない。なぜバスで行きたいのか、しかもロンドンまで、と問われた時、人を納得させるだけの答がなかったのだ。エベレスト登頂なら、そこに山があったからと答えればいい。ヨットで太平洋を横断するなら、俺にヨットがあったから、とでも言えばよい。しかし、乗合いバスでロンドンまで、というのには人を納得させる理由がない。そこにバスがあったから。そんなことを言おうと思っても、そのバスを探して駆け廻《まわ》っているのだから話にならない。そこに道があったから。だが、道路なら日本にだってないわけではない。

ほんのちょっぴり本音を吐けば、人のためにもならず、学問の進歩に役立つわけでもなく、真実をきわめることもなく、記録を作るためのものでもなく、血湧《わ》き肉躍る冒険大活劇でもなく、まるで何の意味もなく、誰にでも可能で、しかし、およそ酔狂な奴《やつ》でなくてはしそうにないことを、やりたかったのだ。

もしかしたら、私は「真剣に酔狂なことをする」という甚《はなは》だしい矛盾を犯したかったのかもしれない。だが、それを異国で、異国の言葉で、どう説明したらいいのか、私にはわからなかった。


さて、旅行案内所で若い係員に鼻であしらわれてしまった私は、ニューデリー駅の入口でいささか途方に暮れながら佇《たたず》んでいた。すると、駅前に屯しているホテルの客引きのひとりが話し掛けてきた。

「どうかしたか」

私が事情を説明すると、どうしてバスで、などという野暮なことは訊かず、親切に教えてくれた。彼によれば、ニューデリー駅ではなく、デリー駅の南にあるバス・ターミナルから午後七時半に出るバスがあるという。時計を見るともう三十分しかない。私が慌て出すと、彼もなぜか一緒になって慌て出し、近くに停《と》まっていた三輪タクシーをつかまえてきてくれた。一瞬、タクシーはもったいないかなという考えが浮かんだが、ここでケチをしてバスに乗り遅れればまたあの安宿に戻らなくてはならない。

それも口惜《くや》しい、とタクシーを奮発した。

タクシーといっても、かつて日本で走っていたミゼットに少し手を加えただけの簡便な車である。まだ一度も乗ったことはなかったが、そう高いはずはない。客引きが運転手に場所の説明をしてくれ、私は礼を言ってタクシーに乗り込んだ。

ところが、急いでいるというのに、なかなかエンジンがかからない。降りて客引きと二人で後から押すと、ようやくバタバタとけたたましい声をあげた。

やれやれ。私は日本語で小さく声に出して呟《つぶや》いたが、安心するのは少し早過ぎた。

3

タクシーの運転手は、鼻の下にヒゲをはやしてはいるが、かなり若い男だった。しばらく走ると、彼は自動車の修理屋の前で車を停めた。こちらも急いではいるが、彼もきっと用があるのだろう。二、三分は仕方がない、我慢しよう。が、甘かったのだ。彼は修理屋の親父を何やら必死にかきくどいている。しかし親父は相手にしない。交渉は二、三分どころか、延々と続けられる。どうやら、運転手は金がないのでツケで修理してくれないかと頼んでいるらしい。親父はうるさそうに手を振るばかりだ。

そのうちに、運転手がさかんに私の方を指さすようになった。あいつの料金で払うからとでも言っているのだろうと冗談半分に考えていると、やがて本当に運転手が近寄ってきて言った。

「三ルピー、先にくれないか」

自動車の調子がどうも悪い。三ルピーくれれば、自分の二ルピーと合わせて五ルピーになる。それだけ渡せば見てくれる、と言うのだ。

不吉な予感はしたが、メーター料金が三ルピー以下ということもあるまいと思えたし、ここで拒否して他のタクシーを探しても、どうやってアムリトサル方面へ行くバスのターミナルを見つけたらよいのかわからなかったので、彼の言う通りの金を渡した。しかし、こうした不吉な予感というのは、どういうわけか適中するものなのだ。

親父がエンジン部分をガチャガチャと引っかきまわしただけで修理は終り、これで本当に直っているのだろうかと疑問に思えたが、とにかく運転手がエンジンをかけると、最前とは違って一発で動き出した。

タクシーとは名ばかりで、後部の荷台を取りはずし、むき出しの車体に固い椅子《いす》を取りつけた代物《しろもの》のために、しっかりつかまっていないと振り落とされかねない。私を乗せた三輪タクシーは、ニューデリーからオールドデリーの暗い夜道を、音だけは威勢よく走っていった。

しばらくは快調に走りつづけていたが、ガソリン・スタンドの前にさしかかったとたん、運転手は車を停め、エンジンを切った。ガソリンがないと言うのだ。もうこれ以上は動かないと言う。そして、私の顔色をうかがいながら提案してきた。

「あそこで入れたいと思うのだが」

私は彼の魂胆が読めたので知らん顔をしていた。

「あそこで入れるがいいか」

「勝手にするがいいさ」

突き放すと、運転手は予想していた通りの台詞《せりふ》を吐いた。

「でも、金がない」

「俺の知ったことではない」

「走れないがそれでもいいか」

その言い草に腹が立ったので、それならここまでの分も払わない、別の車を探すからいい、と言って車から跳び降りると、慌てて、いや、やはり動く、とエンジンをかけた。

タクシーはまた夜道を走りはじめる。五、六分も走ったろうか。ほとんど人のいない、ただ広いだけの空地に着いた。

「ここだ」

しかし、バス・ターミナルにしてはバスの姿が見えないのが妙だ。

「バスがいない。探してくれないか」

すると、ここではなかった、と言ってまたエンジンをかける。早く私を降ろしてなにがしかの金を受け取りたいという様子がありありとうかがえる。私は怒り心頭に発し、バスに乗れるまで残りの金は絶対に払わないぞ、と大声で叫んでしまった。なんというい加減な野郎だ。俺はもう頭にきたぞ。

「ふざけるな！」

私は思わず日本語で怒鳴ってしまった。ところが、不思議なことに、いったんそう口に出してしまうと嘘《うそ》のように腹立たしさが消えてしまい、逆にこのチャランポランな若い運転手に妙に親しみを覚えるようになった。どうにも憎み切れないところがある。

考えてみれば、客に金を出させて車の修理をしたり、ガソリンを買おうとしたりするなどというのはなかなかのアイデアだ。悪くない。そう思い返し、彼と話してみると、それはそれでとても面白い。ポツポツと——といってもエンジンの音にかき消されるので二人は馬鹿《ばか》みたいな大声を張り上げざるをえなかったのだが——彼が語ったところによれば、彼は二十一歳、ランバートという名で、北の農村から流れ出てきたらしい。

「あんたはいくつだい」

ランバートが訊《たず》ねてきた。

「二十六だ」

私は大声で答えた。

「子供は？」

「えっ？　何と言った？」

「子供は何人いるんだい？」

「子供どころか女房がいない」

「ほんとかい、二十六にもなって」

「おかしいか。君はどうなんだ」

「四人いる」

「女房が！」

「違う、子供さ」

「ほんとうかい、二十一で」

彼に定職はなく、この三輪タクシーも他人の持ち物であるという。一日借りてはみたものの、朝からほとんど商売にならなかった。翌朝いくらかの金をつけて車を返さなければならないというのに、とランバートはそこで少し悲しそうな声になった。

ガソリン・スタンドの傍《そば》でまた停まる。どうやら今度は本当に動かなくなりそうだ。仕方がないのでガソリン代を立て替える。走る、また停まる。エンジンの様子を見る……。もうこれまでには、七時半のバスに乗るのはとっくに諦《あきら》めていた。いまや、このランバートと明日の朝まで一緒にいたとしても文句は言うまい、という心境になっていた。

もたもた、よろよろしながら、それでもどうにかターミナルに着いた。もちろん時計の針は、七時半はおろか八時を廻っている。と、天の助けかアムリトサル方面行きのバスがまだ発車せずにいるではないか。

少し待ってくれるようバスの運転手に頼もうと喜び勇んで駆け上がると、乗客全員にジロリと睨《にら》まれた。なんと満席で、そのバスに乗り切れない人がもう一台分くらい周囲にいる。彼らは次のバスを待っているのだ。

「次のは何時です」

訊ねると、英語のわかる乗客のひとりが五時と教えてくれた。朝の、である。もしそれに乗れなかったらと訊ねると、七時半と言う。二時間くらいならと呟くと、いや夜のだと言う。そうか半日後か。半日もどうやって時間をつぶそうか。すると彼が同情するように言った。

「明日のじゃない。三日後だ」

これには参ったが、とりあえず明日の朝まで待ってみることにした。

ランバートはその間も、じっと待っていてくれた。私がこのターミナルで一夜明かすことに決め、残りの金を計算して渡すと、車を置いてどこかへ走り去り、すぐに戻ってきた。彼はバラ売りの紙巻き煙草《たばこ》を二本手にしていた。そして、一本に火をつけると、まあ、やりなよ、ともう一本を私に勧め、大尽《だいじん》のような態度で吸いはじめた。無一文から、この王侯への豹変《ひょうへん》は、しかし見ていて決して不快なものではなかった。

吸い終ると、ランバートは再びけたたましい音を上げながら走り去っていった。私は急にひとりで取り残されてしまったような寂しさを覚えた。バスを待つ人たちの群れの中で、外国人は私ひとりのようだった。

ターミナルといっても別に建物があるわけではなく、野天の暗いただの広場にすぎない。満員のバスが一時間ほど遅れて発車すると、次のバスを待つ人々は、その場にゴロゴロと横になりはじめた。私も寝袋を土の上に敷き、ザックを枕《まくら》に横になった。コンクリートの上は、明け方になるといくらか冷え込むことがあるが、土は昼間の熱がほどよく保たれ、そのまま寝入っても心配ない。インドに着いたばかりの頃《ころ》は、大勢の浮浪者と往来で一緒に寝るのは恐ろしいような気がしたが、大勢の方がかえって安心だということがわかってからは、何度か街路や駅前広場で一夜を過ごした。しかし、その晩は慌《あわ》ただしく出発したせいか、あるいは空腹のせいか、それともこれから先の長い旅を思ってか、容易に眠りにつけなかった。

冴《さ》えた頭で、それでも無理に眼《め》を閉じていると、これまで通り過ぎてきたさまざまの土地の風景が脈絡なく思い出され、消えていく。そして、デリーからロンドンまでの旅をしようと日本を出てきたはずなのに、そのデリーに辿《たど》り着くまでに半年近くもかかってしまったことが、なぜか信じられないことのように思えてならなかった。しかし、間違いなく、春に出てきたはずの季節は、やがて秋になろうとしていた。

もう秋、なのだ。

第二章　黄金宮殿　香港

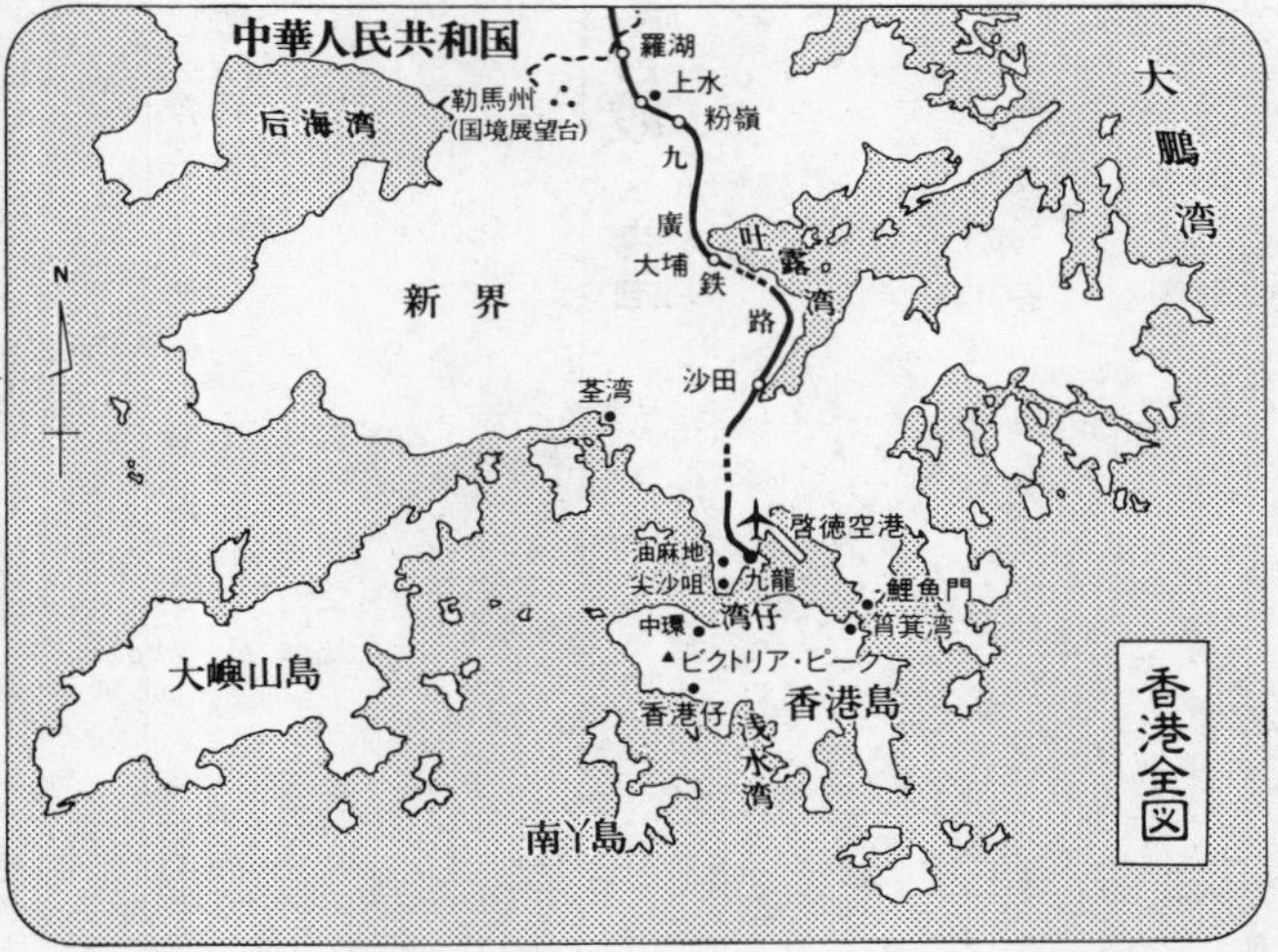

中華人民共和国
羅湖
上水
粉嶺
勒馬州
(国境展望台)
后海湾
九
廣
鉄
路
大埔
吐露湾
大鵬湾
新界
沙田
荃湾
啓徳空港
油麻地
尖沙咀
九龍
鯉魚門
湾仔
中環
筲箕湾
ビクトリア・ピーク
大嶼山島
香港仔
浅水湾
香港島
南丫島
香港全図

1

インドのデリーからイギリスのロンドンまで乗合いバスで行く、というのが私の旅のささやかな主題だった。そのような旅にとって、東南アジアは特にこれといって意味のある土地ではなかった。香港からインドまで地つづきで行かれるのなら別だが、香港とタイの間には中国がありラオスがある。タイとバングラデシュの間にはビルマという鎖国体制の国があり、通り抜けは不可能である。確かに地球の距離感といったものを身につけたいと望んではいたが、とびとびでは仕方なかった。私はできるだけ安い航空券を手に入れ、東京からデリーまで直行するつもりだった。

ところが、出発の半月前、格安航空券を求めて足を運んだ何軒目かの旅行代理店で、インド航空の破格に安い片道切符が見つかり、金を払っていざブッキングという段になって、はたと迷ってしまった。代理店の女性が不思議そうに念を押してきたのだ。

「チケットを《東京―デリー》でお作りしてよろしいんですか？」

彼女によれば、このチケットは通常料金のものではないが、途中二カ所だけなら立ち寄ることができる仕組みになっている。その特典を利用しないでデリーに直行してしまうのは少しもったいないのではないか、というのである。言外に、あなたのような貧乏旅行をしようとする人が、というほのめかしがあるのを感じないわけではなかったが、とりあえず彼女が親切から言ってくれていることは理解できた。

ストップ・オーバーができる、それも二カ所も、となると、どこにも寄らずデリーに直行してしまうのが急にもったいなく思えてきた。私はインド航空の寄港地を訊《たず》ね、少し考えたあとで、《東京―デリー》のチケットを《東京―香港―バンコク―デリー》のチケットに作り換えてもらうことにした。

しかしその時も、香港などはせいぜい二、三日もあれば充分の、単なる通過地点と見なしていたように思う。旅の力点はあくまでもデリーより西にあった。

それが香港で、一週間、また一週間という具合に滞在が延びていき、そのたびにイミグレーション・オフィスでビザ代として三十香港ドルずつ召し上げられることになったのは、ゴールデン・パレス、つまり黄金宮殿という名の奇妙な宿屋に、訳もわからぬまま放《ほう》り込まれたことから始まった。

東京から香港まで約四時間、インド航空ボーイング七〇七型機での飛行はすこぶる快適だった。と、そう書きたいのだが、現実はさほど甘いものではなかった。

私の買ったチケットはとてつもなく安かったから、さぞかし凄《すさ》まじい人数の中に押しこめられるのだろうと覚悟していた。しかし、搭乗《とうじょう》してみると拍子抜けするほど空いていている。百五十席ほどの機内に客は二十人足らずしかいないのだ。これは存外ついているのかもしれない、と一度は喜んだ。

席につき、インド風の美しい細密画が貼《は》ってある機内食のメニューを広げると、なかなか豪華そうな料理が並んでいる。

○若鶏カレー・アーモンド入り＊ピラフ＊香味野菜インド風　或《ある》いは　牛肉ヒレステーキ・ピカントソース添え＊馬鈴薯《ばれいしょ》＊人参《にんじん》つや煮

○季節のサラダ

○ナッツ入り・アプリコット・メルバソース

○珈琲《コーヒー》＊紅茶＊コニャック＊リキュール酒

○赤《あか》葡萄酒《ぶどうしゅ》ボルドー＊白葡萄酒ブルゴーニュ＊シャンペン

これでは誰だって期待しないわけにはいかないではないか。機内食をあてにして昼食を抜いてきていた私は、離陸前から早くもいれこんでいた。チキンよりビーフがいいだろう、ワインはボルドーをもらうにしても、まずビールを一杯といきたいところだ……。しかし、飛行機が滑走路に入るためゆっくり動きはじめた時、食事の酒を何にしようなどという思いは、一瞬にしてどこかに吹き飛んでしまった。わが命を託すべきインド航空機が信じられないくらいオンボロだったのだ。シートはぐらぐら揺れる、床下からは金属のきしむ音が伝わってくる、そしてエンジンはといえば、喘息《ぜんそく》の老人があえいでいるような苦し気な音を出す。

滑走路の端でいったん停止し、そこでエンジンを全開にしたが、いや、したらしいのだが、ジェット機のあの腹の底に響いてくるような轟音《ごうおん》が少しも聞こえてこない。大旅行の門出だというのに不景気なことおびただしい。暗い気持になりかかったが、ここでいくらジタバタしてもはじまらない。普通では考えられないような値段の航空券を買ったのは自分なのだ。誰が悪いわけでもない。値段にこの不安がプラスされてはじめて釣り合いが取れるのだろう。それにしても、あんなチケットを買ったばかりに……などとあとでお悔やみを言われるのは、それこそ悔やしすぎる。ロンドンどころか、デリーにも行かれなかったんだってさ、あいつ。そんなことを言い合っている友人の声が耳の奥に聞こえてきそうな気がする。ヨタヨタと滑走を開始したインド航空機に、私は思わず声援を送っていた。

飛行機は信じられないくらい長く滑走を続け、もしかしたらこれは飛ばずに走ったまま香港まで行くつもりなのではないかという疑惑が芽生えた瞬間、まぐれ、といった感じで機体がふわりと浮いた。毅然《きぜん》としたところのまったくない離陸だったが、とにかく飛ぶ意志のあることだけは確認でき、ホッとして肩の力を抜いた。

ところが、機首が上に向いたとたん、リクライニングのボタンを押しもしないのにシートは勝手に後にのけぞり、同時に中央の非常扉《とびら》の上についている《ＥＸＩＴ》と記された照明灯が音を立てて落下した。派手な音に、私だけでなく、乗客全員がビクンと体を震わせたのがわかった。

もっとも、スチュワーデスには格別珍らしいことでもないらしく、ひとりがインド・シルクのサリーをなびかせながら歩み寄り、拾い上げ、元通りの場所にはめ込むと、何事もなかったかのような顔をして自分が坐《すわ》っていた席に戻った。

飛行機が水平飛行に移るとすぐに食事の用意がされた。運ばれてきたお盆の上の料理を見て、これらの貧弱な料理とあの豪華なメニューの間にいかなる関係があるのか、しばし悩まないわけにいかなかった。

ビーフと注文したはずなのにチキンを持ってこられ、パサパサの米と、二、三枚の菜っぱの切れ端と、甘ったるいソースのかかった杏《あんず》を食べるともうおしまい。仕方がないので酒でも飲んでやろうと思ったが、メニューの下に小さく英語の但し書《ただがき》がついている。要するに、安いチケットを買った奴《やつ》にタダ酒は飲ませないぞ、というのだ。酒は飲みたかったが、これからの長い旅を思えば無駄《むだ》な出費は極力おさえなくてはならない。私は空《むな》しく紅茶のおかわりをするよりほかなかった。

天気は素晴らしくよかった。窓の外には、真っ白な波頭が点在する青い海がどこまでも広がっている。

腹にいくらか貯《た》まる物が収まり、飛行機もしばらくは落ちそうにないということになると、これまで出発間際《まぎわ》の忙しさにかまけて真剣に考えようとしなかったいろいろなことが、しだいに心配になってきた。

何カ月も旅をしようというのに、およそ綿密な計画というものがない。デリーからロンドンまでのルートも決まっていなければ、それに必要な日数の見当もつかない。ほとんど唯一《ゆいいつ》の具体的な方針は、とにかくデリーに行こう、行けばなんとかなるだろう、という程度のものにすぎないのだ。

私もまったく計画を立てようとしなかったわけではない。トーマス・クック社発行の『時刻表』を参考にして、一度はコースの大まかなスケッチをしかけたこともあったが、途中で馬鹿《ばか》ばかしくなってやめてしまった。計画を立て、その通りに動くくらいなら、このような旅をする必要はないではないか、と思えたからである。予定などいっさい立てるまい。しかし、そのために、今夜香港で泊まる宿すら決まっていないという極端なことになってしまったのだ。

いい加減なのは計画だけではなかった。インドから中近東にかけての厳しい風土の国々を旅しようというのに、充分に持ち物の検討をしないまま、数日間の国内旅行に必要な程度の身のまわり用品しか持たず出てきてしまった。

Tシャツ三枚にパンツ三枚。半袖《はんそで》と長袖のシャツがそれぞれ一枚ずつ。靴下《くつした》三足。なぜか水着とサングラス。洗面道具一式。近所の医者が万一の場合にとくれた抗生物質と正露丸一壜《ひとびん》。アメ横で買った安物のシュラフと友人からの貰《もら》い物のカメラ一台。ガイドブックの類《たぐ》いはいっさいなく、ただ西南アジアとヨーロッパの地図が二枚あるだけ。本は三冊。それがザックに突っ込んだ荷物のすべてである。

ふと、こんな装備でロンドンまで行けるのだろうかという思いがかすめる。三冊の本のうち、一冊は西南アジアに関する歴史書であり、一冊は星座についての概説書である。読める物といえば、もう一冊の中国詩人選集の『李賀』の巻くらいだが、それとても何カ月も飽きずに繰り返し読めるかどうかは自信がなかった。考えれば考えるほど不安になってくる。

ぼんやり窓の外に眼《め》をやっていると、それまで誰もいなかったはずの通路側の席に坐り、話し掛けてきた人がいる。顔を見ると、白人の初老の紳士である。そういえば、彼とは飛行機までのバスの中で、ほんの僅《わず》かな間だが言葉をかわしていた。多分、退屈しのぎに雑談をしにきたのだろう。英語に自信はさらさらなかったが、こちらも暇だったので相手をすることにした。

東京も変わりましたね、と彼が言う。淡いストライプの入ったグレーのスーツをスマートに着こなした初老の紳士の言葉である。ありきたりの台詞《せりふ》ではあるが、いかにも深味が感じられて、反論のしようがない。はあ、と阿呆《あほう》のように相槌《あいづち》を打つよりほかない。変わらないのは、自分が泊まるホテルの周辺だけかもしれない、と彼が呟《つぶや》くように言う。そのホテルというのはどこですか。話のいきがかり上、訊ねないわけにいかなかった。

「フェアモント・ホテル」

「本当ですか？」

私は思わず大きな声で訊《き》き返してしまった。びっくりしている彼に声を上げた理由を説明した。フェアモント・ホテルの一角があまり大きな変容を遂げていないというのは確かにそうかもしれない。私が驚いたのはそのことではなく、昨夜、自分もそのフェアモント・ホテルにいたからなのだ。ガラス張りのティー・ルームで友人と別れを惜しんでいた。

「女性の？」

彼が笑いながら訊ねてきた。もちろん、と私は断固とした調子で答えた。別にそんな力むことはなかったのだが。

とにかく、昨夜は二人が同じ建物の中にいたらしいという偶然が二人を面白がらせ、話に弾みをつけさせた。

しばらくして、初老の紳士が訊ねてきた。

「これからどこに行くんです」

私はつい見栄《みえ》をはりたくなり、デリー以西の大都市の名を知っているだけ挙げてしまった。それは凄《すご》い、と彼が讃嘆《さんたん》の表情を浮かべたようだったので、私はいくらか得意になって、あなたは、と訊き返した。すると彼は何気なくこう答えた。これからカルカッタとデリーとカブールに寄り、ベイルートに帰ります。それからすぐにケニアへ行き、いったんベイルートに戻ってからスイスとイギリスとドイツに寄り、ニューヨークへ向かいます。東京の前はタシケントからハバロフスクを廻《まわ》ってきたのです……。私とは比べものにならないくらいのスケールの大きさだった。出身はアメリカのケンタッキーで現在はレバノンのベイルートに住んでいるということだったが、世の中には本当に凄い人がいると思わないわけにいかなかった。

それにしても、これまでにどのくらいの数の国を廻ったことがあるのだろう。

「きっと三十は超えるんでしょうね」

私が言うと、彼は少し恥ずかしそうに呟いた。

「そう、五十か六十か……」

いったい、この人はどういう職業の人なのかと不思議に思ったが、訊くのははばかられた。このいかにも知的な風貌《ふうぼう》の人物が、宝石泥棒《どろぼう》の国際シンジケートの親玉のような存在ではないかと思えてきたのだ。

しかし、それも趣味について喋《しゃべ》っているうちにようやくわかった。きっかけは彼が音楽が好きで、かつてはコンサートの批評を書いていたこともある、という話からだった。私もつい調子に乗って劇評を書いたことがあると口走ってしまったのだ。何という芝居か、と訊ねられて困惑した。『ハムレット』とか『アンチゴーヌ』とかいうのならいいのだが、『ぼくらが非情の大河をくだる時』などという題を英訳することなど、私にはできなかったからだ。なかばヤケを起こし、英語のミュージカルの題名を次々と挙げていると、『ジーザス・クライスト・スーパースター』のところで、突然彼が真顔になって喋りはじめた。イエスを信じるか？　復活を信じるか？　愛には三つあり、死にも三つある。すなわち……。私がほとんど理解していないと見てとると、図解までしてくれる。恐るべき熱心さ。もしや、この人は教会関係の人ではあるまいか。ついに好奇心を抑え切れず、私は訊ねた。

「牧師さんですか？」

するとと、彼はノーときっぱり否定し、名刺を取り出した。見ると、そこには英語で《中東出版》と記されている。どんな本を出しているのかと訊ねると、教育物と答える。

「それに？」

私が次をうながすと、彼は口ごもるように言った。

「バイブル……」

なあんだ。要するにレバノンの山本七平じゃないか。そうならそうと早く言ってくれればすぐにわかったのに。私が笑うと、彼も少し照れたように笑った。

2

わがインド航空機は途中で海に落ちもせず、どうにか香港の啓徳空港に到着した。すでに夕方になっていたが、このままカルカッタまで向かうというレバノンの山本七平氏と別れタラップから地上に降り立つと、滑走路から熱い蒸気が立ち昇ってくるかのような暑さがまだ残っていた。

空港ビルに入り、ターンテーブルからザックを拾い上げ、税関の検査を受けるため列に並んだ。すると、同じ飛行機に乗っていたらしい若い女性が私のすぐ後につき、話し掛けてきた。

「あなた、日本の方？」

私が振り向いて頷《うなず》くと、彼女はホッとしたように続けた。このビルの玄関口で香港の友達が待っていてくれることになっているが、うまく会えるかどうか心配だ。もしかしたら来られなくなっているかもしれない。香港には初めてなので地理も言葉もわからない。万一、友達と会えないようなことがあったら、申し訳ないけれど街の中心まで一緒に連れて行ってくれないか……。

香港が初めてというならそれは私も同じだったが、別に断わる理由はなかった。こちらに守るべき予定があるわけではない。そのうえ、相手は若く、かなりの美人なのだ。訊けば、友達が予約してくれているはずのホテルの名は知っているという。いざとなればそのホテルまで送り届ければいいのだろう。いくら初めての土地とはいえ、そのくらいのことは私にもできそうに思えた。引き受けると、彼女は安心したらしく少し笑った。その素直そうな笑い顔を見て、私も同じように安心した。恐らく、異国に着いたとたんに奇妙な頼み事をされる、ということへの警戒心がどこかにあったのだろう。

通関は至って簡単だった。係官はザックの中を開けもせず、軽く触れながら二、三のありきたりの質問をするだけだった。しかも、言葉は日本語なのだ。何か訊かれたらどう答えようかと身構えていた私は拍子抜けしてしまった。

「サケ、タバコないね？」

どうして貿易自由港の香港でそんなことを訊くのだろうと不思議だったが、黙って頷いておいた。

「マヤクもないね」

「もちろん」

即座に答えると、係官もオーケーと調子のいい声で言い、赤いカードをくれただけで通してくれた。カードは、どうやら反麻薬のキャンペーンであるらしく、そこにはこんなことが書かれてあった。

旅客注意
切勿携帯毒品！ 香港政府厳厲緝毒
運毒入本港者所受最高刑罰為——
終身監禁
另罰款港幣十萬元

この文字を眺《なが》めているうちに、いよいよ異国に来たのだなという実感が湧《わ》いてきて嬉《うれ》しくなってきた。

空港ビルの入口には、彼女が懸念《けねん》していたとおり友達の姿が見えなかった。不安そうな彼女のため、しばらく待ってみよう、すぐに来るさ、と慰めたが、私はその友達が来なかった時のことを真剣に心配しはじめた。

まず、何はともあれ、予約してあるというホテルに送り届けなければならないだろう。次に、そこから友達と連絡が取れるよう手助けすることが必要になるかもしれない。だが、もし連絡がつかなかったらどうしたらいいのだろう。そこでサヨナラをしてしまうのは冷たすぎるのではないだろうか。同じホテルに部屋を取ろうか。しかし、そこがとてつもなく高いホテルだったらどうしよう。いや、そんなことより、そのホテルまで行くにはどうしたらいいのだ。タクシーか？　空港からどれくらいの距離なのか確かめもせず乗るのは考えものだ。俺《おれ》にはそんな余分の金の持ち合わせはない。だからといって、女性に払わせるわけにはいかない。では、バスか？　しかし、いったいどこへ行くバスに乗ればいいのだ。ええい、面倒だ、タクシーに乗ってしまおう……。

そう腹を据《す》えたとたん、彼女が嬉しそうな声を上げた。別に私の気持を察して喜んだわけではなかった。眼の前に象牙色《ぞうげいろ》の大型ベンツが停《と》まったのだ。中から盛んに手を振っている男がいる。

「来てくれたわ」

彼女にそう言われるまで、香港の友達というのが男だなどとは夢にも考えていなかったことに気がついた。しかも、運転手つきのベンツで迎えに来るような男であるとは。

車から降りてきた彼は、ほとんど私と同じくらいの年齢に見えた。ベージュのスラックスに鰐《わに》のマークが入った半袖シャツ、それに薄く色のついたサングラスをかけている。長身のスマートな若者だったが、いかにも遊び人といった風体《ふうてい》に、いささか二人の関係が気にならないでもなかった。

彼女から私と一緒にいる理由を聞かされたその《ベンツの君》は、カタコトの日本語で礼を言った。そして、ありがとうとだけ言って車に乗り込んでしまうのは申し訳ない、と感じているらしい彼女の様子を看《み》て取ると、私に向かって言った。

「これから、どこ行きます」

あてのない私が口ごもっていると、どのホテルに泊まるつもりなのか、と訊《たず》ねてきた。私がその日の宿すら決めておらず、できるだけ安いところに泊まりたいという希望を持っていることを知ると、軽く頷いてそれなら任せてほしいと言った。

「安ければ、どこでも、いい？」

「安ければ、どこでも、いい」

私がオウム返しに答えると、《ベンツの君》はひとりで合点し、運転手に彼女と私の荷物をトランクに入れさせ、車に乗るようせかせた。

車が走りだすと、急に不安が広がった。その宿は本当に安いのだろうか。ベンツを乗り廻す彼にとってはいくらか安いという程度なのではあるまいか。みっともないとは思ったが、間違いなく安いのか、と私は何度も念を押してしまった。

なんでもそこは、彼の使用人の、兄貴の、嫁の、実家の誰かが経営しているということだった。

「心配いらない。そのゲストハウス、とても安い」

その言葉で、安心するよりは、さらに不安が増してしまった。ゲストハウス、迎賓館だって？　えらく高そうではないか。しかし《ベンツの君》は、ネバー・マインド、を連発するばかりなのだ。ままよ、私も成り行きに任せることにした。

車の中であれこれ言葉を交わしているうちに、二人の関係がおぼろげながらわかってきた。《ベンツの君》は香港の工業デザイナーで、東京に仕事で行った折に彼女と知り合ったらしい。彼女は学生ということだったが、会ったのはアルバイト先の店だったという。そこがどんな種類の店なのかは言いもしなかったし、訊く気にもなれなかった。いずれにしても、彼が彼女に香港へ招待すると約束し、それを守ったということのようだった。

どこをどう走っているのかさっぱりわからなかったが、十五分ほど走り、トンネルをくぐると、やがて車はシンガポール・ホテルという名の建物の前に横づけにされた。そこが彼女のために彼が予約しておいたホテルらしい。異国から呼び寄せた女友達を泊まらせるには、いささか豪華さに欠けるような気もしたが、サービスがいいとか、地の利がいいとか、見てくれ以外の長所があるのかもしれなかった。《ベンツの君》は彼女の荷物をおろすと、あとは運転手が案内してくれるだろうからと言い残し、彼女をうながしてホテルに入っていった。彼らとは大した関《かか》わりがあるわけでもないのに、仲間はずれにされたような奇妙な気持になった。いっそ私もここで降り、このホテルに泊まってしまおうかと考えなくもなかったが、さすがにそれは彼との仁義にもとるような気がしてやめた。

運転手が中国語で何か言い、わからないままにぼんやりしていると、車はいきなり走りはじめた。再びトンネルを抜け、雑然とした街並が続く通りに入っていった。道の両側には漢字だらけの看板を掲げた商店が密集し、通りには写真で馴染《なじ》みのある二階建てバスや乗用車が溢《あふ》れており、歩道にはせかせかした歩き方の人が群れていた。香港でもかなり繁華な通りだと思えるのだが、通りの名を確かめようがない。運転手はその通りを曲がったり、また出たり、といったことを繰り返している。まるで同じところをぐるぐる廻っているようなのだ。しかし、何か言おうにも、言葉が通じない。

そのうちに車は停まり、運転手は駆け出して公衆電話のスタンドに向かった。受話器を持った彼が、ちらちらと私の方を見ながら喋るのが少し不気味だった。

考えてみれば、私がこれから行こうとしているのは、どこともわからぬ得体の知れない宿なのだ。偶然のことから知り合ったにすぎない誰を信じられるというわけでもなく、誰が責任を取ってくれるわけでもない。無謀といえばかなり無謀なことなのかもしれなかった。

「オーケー」

電話から戻ってくると、運転手はほとんど唇《くちびる》を動かさずに言った。どうやら、宿に空きがあるかどうか確かめてくれたらしい。堂々めぐりをしていたのも、極端に数の少なそうな公衆電話を探し求めてのことのようだった。

また少し走り、繁華な通りを曲がると、車は高層の雑居ビルの前で停まった。すると、出入口の脇《わき》に所在なげに佇《たたず》んでいた男が近寄ってきた。若いのか中年になっているのかわかりにくい、表情に張りのない男だった。運転手はその男に二言、三言告げると、トランクから私の荷物を取り出し、そのまま走り去ってしまった。

男は無表情に荷物を拾い上げ、何も言わずに歩きはじめた。私も仕方なく後に従った。雑居ビルの中の迷路のような商店密集地を通り抜けると、突き当たりにエレベーターがあった。年代物らしく、降りてくるスピードが恐ろしくのろい。ようやく一階に到着し、扉《とびら》の開いたエレベーターからは、強烈な香辛料の匂《にお》いが溢れ出てきた。中国人に混じって何人ものインド人が乗っていたのだ。全員が降り、私が男の後から乗り込むと、また別のインド人が走り込んできた。この雑居ビルにはインド人がかなりいるようだった。

男は十一階で降りた。薄暗い踊り場の斜め前にガラスの扉があり、男はそこをノックした。内部はレースのカーテンのためよく見えない。異様なのは、ガラスの内側に鉄格子《てつごうし》のようなものを張りめぐらしていることだ。中でカーテンの動くのが見え、しばらくすると、錠前がはずされる音がし、ようやく扉が開けられた。内部はさらに薄暗かった。眼が慣れるまでにほんの少しだが時間がかかった。

入ってすぐのところにフロントがある。もっとも、それはフロントと呼べるような代物《しろもの》ではなく、帳場といった方がむしろぴったりする。

帳場の横のロビー風の空間では、四人の男女がテーブルを囲んでいた。みな押し黙り、ただ、ピシッ、ピシッという鋭い音が聞こえるだけだ。二、三歩、歩み寄り、テーブルを覗《のぞ》き込むと、そこには日本のものよりいくらか大ぶりの、麻雀牌《マージャンパイ》が並べられていた。

突然、ひとりが甲高い叫び声を上げると、牌が倒され、卓に金が乱れ飛び、やがて無言のまま洗牌《シャーパイ》が始まった。

〈いったい、俺はどんなところに連れ込まれてしまったというのだろう……〉

もう泊まるどころではなかった。問題はどう断わり、どう出ていくかだ。

しばらくすると、だぶだぶのズボンに開襟《かいきん》シャツを着た主人らしい中年の男が出てきたが、ニコニコ笑うだけでいっこうに要領を得ない。部屋を見せてもらい、値段を聞き、それならやめますといって出ていくつもりなのだが、それが通じない。お互いにただ顔を見合わせていると、奥からパンタロン姿の、小柄《こがら》で鉄火な感じの女が出てきて、英語で話し掛けてきた。

「ひとり？」

「そう」

「ひとりで泊まるつもりなの？」

「もちろん」

私が言うと、女は麻雀卓を囲んでいる男女になにやら早口で伝えた。そこにいる全員が一斉《いっせい》に振り返り、好奇の念が露《あら》わになった眼を向けてきた。俺は何か失言でもしてしまったのだろうか……。それにしても、私が口にした言葉といえば、イエスとオブコースの二言でしかないのだ。失言のしようがない。急に心細くなってきた。

その女は、どうやら頼りなさそうなニコニコ男の細君であるらしかった。しかし、はるかに貫禄《かんろく》もあり、頭の回転も速そうだった。

「どのくらい泊まる予定なの」

こんなところに一泊だってしたくはなかったが、そう言ってしまっては角《かど》が立つ。二、三日くらい、と口を濁しておいた。

「部屋はあるわ」

と女が言った。

「いくら？」

私が訊ねると、間髪を入れずに答えた。

「ナインティー・ダラース」

だが、九十なのか十九なのかがはっきりせず、何度か訊ね返すと、彼女は紙に書いた。十九元。香港ドルでかと確かめると、そうだと言う。一香港ドルはおよそ六十円と聞いているから、十九元は約千百円ということになる。これが香港の宿の相場として高いのか安いのかわからなかったが、ふんだくるという感じの値段でないことだけはわかった。私はオヤッという気持になった。

「部屋を見せてくれないか」

私が頼むと、ニコニコ男が案内に立ってくれた。どこからも光の入らない、密閉された暗い廊下を歩くと、すぐに行き止まりになる。男は四部屋並んだ三番目のドアを開けた。

部屋にはセミダブルのベッドが置いてあり、その上に薄汚れたベージュ色のベッドカバーが掛かっている。一応、机と椅子《いす》もある。奥の戸を開けると、汚れてはいるがバスもトイレもついていた。窓際《まどぎわ》には、壊れかかったクーラーも、だ。男は私の視線に気がついたらしく、クーラーのスイッチを入れた。すると、一拍置いてから、ドカンという派手な音を立てて動きはじめた。汚ないのを我慢しさえすれば、泊まって泊まれないことはなさそうだった。しかし、我慢してまで泊まらなければならない理由はない。

断わる口実を見つけるために部屋を見廻《みまわ》していると、机の上に小さな赤いカーテンが垂れ下がっているのに気がついた。私は勢いよくカーテンを引き開けた。

と、そこには、すぐ眼《め》の前に今にも崩れ落ちそうな高層アパートがそびえるように立っているではないか。その建物もまたその隣の建物に接するように立ち、いやすべての建物がコンクリートの林の中で視界を失なうほど密集している。

眼の前のアパートは各階の窓が見え、そこから部屋の中の様子がうかがえた。誰もいないらしくカーテンの閉まったままの部屋もあれば、電気がつき主婦らしい女性が忙しげに歩き廻っている部屋もある。別の階に眼を移すと、兄妹《きょうだい》らしい幼児がテレビの前に坐《すわ》り込んでいる部屋も見える。このアパートの住人は、香港の、ごく普通の生活をしている人々であるようだった。

面白そうだな、と思った。このいかにも凶々《まがまが》しくいかがわしげな宿の窓からは、絵葉書的な百万ドルの夜景も国際都市の活気あふれる街並も見えなかったが、香港の人々の日常を、だから素顔の香港そのものを眺めることができそうだった。しだいに、泊まってみようかなという考えが頭をもたげてきた。

理性的に判断すればこんな宿に泊まるべきでないことは明らかだ。危険を覚悟しなくてはならない。場合によっては、身ぐるみはがれてほっぽり出されるかもしれない。しかし、どんな安全そうなホテルに泊まったとしても、盗まれる時には盗まれるのだ。とにかく、ここには私の胸をときめかせる何かがある。それに、いつまでも私の横でニコニコしているこの宿の主人も、鉄火風の姐御《あねご》も、そんなに悪人とは思えない。泊まってみよう、と私は思い決めた。

「グッド」

帳場に戻って鉄火姐御にそう告げると、別に名前を聞くでもなし、パスポートの番号を控えるでもなく、部屋の鍵《かぎ》を手渡してくれた。

その時、不意に私は自分が香港の金を一銭も持っていないことに気がついた。予期せぬ出来事が連続し、いつの間にかここまで来てしまったため、両替をするのをすっかり忘れていた。恐る恐る金のことを切り出すと、姐御はあっさり、出る時で構わないと言った。

部屋に入り、ベッドの上に腰を下ろし、あらためて部屋の中を見渡すと、そのくたびれ方は相当のものだった。クーラーはサーモスタットの切り換わるたびに、大きな音がするような代物だったし、白いはずのタイルが灰色になってしまったバスルームでは、特大のゴキブリが恐れも知らぬげに這《は》いずり廻っていた。

殺風景な壁には、ヌード写真が一枚、麗々《れいれい》しく額に入れて掲げられており、ベッドの上で片肘《かたひじ》をつき、気持よさそうに脚を伸ばしている裸の女性の、なぜか乳首のところだけが黒く塗りつぶされている。

汗をかいたせいか肌《はだ》がベトベトする。せっかくシャワーがついているのだからと浴びることにしたが、これがまた凄《すさ》まじいものだった。湯は出ることは出るのだが、熱湯なのだ。そこで少しぬるくしようと水という方にハンドルを廻すと、冷水になってしまう。熱湯か冷水。その中間の温水というのが出てこない。しまいには、シュパ、シュパと喘《あえ》ぎはじめ、熱湯すら出てこなくなる。

とにかく、水でシャワーを浴びると、爽快《そうかい》な気持になった。かなり腹も空いてきた。しかし香港の金がない。帳場へ行って鉄火姐御に訊ねると、ネイザン・ロードに出ればいくつも両替屋があるからそこで替えればいい、と教えてくれた。ネイザン・ロードとは、この近くの、繁華な通りであるらしい。私はものものしい扉の錠を開けてもらい、エレベーターで下に降りた。

外はすっかり暮れていて、商店のネオンが明かるく感じられるようになっている。宝くじ売場のような両替屋で、まず十ドル取り替えてみる。それで約五十香港ドルだ。豊かな気分になった私は、街をぶらぶら流して歩きはじめた。

ネイザン・ロードには大きな中華料理屋が並んでいたが、ひとつ脇道にそれると小さな大衆食堂がいくつもあった。中を覗きながら行ったり来たりしたが、どこも観光客などいそうもない店ばかりだった。街の人が家族で卓を囲んでいたり、友人同士で食事をしていたりする。

いくら覗いていても腹はいっぱいにならないので、ほどよく混《こ》んでいる一軒に当たりをつけ、思い切って入っていくと、卓の前に坐《すわ》るやいなや、店員に早口の中国語で注文を取りに来られてしまった。予定では、ゆっくり周囲を見廻し、おいしそうなものを食べている人の皿をひそかに指さすつもりだったが、私はすっかり慌《あわ》ててしまい、思わずメニューを広げてしまった。日本語はおろか、英語の説明もついていない。漢詩の一句のような難解な文字から内容を推測しなければならない。冷汗が流れてきた。と、天の助けか、メニューの中に馴染みの料理が載っているではないか。

《小籠包》

入る時には気がつかなかったが、ここは広東《カントン》料理屋ではなく、上海《シャンハイ》料理屋であったらしいのだ。東京の上海料理屋で初めてそのショーロンポーを食べて以来、私はとてもその包料理が気に入ってしまっていた。美味な上に、安いときている。この店のメニューを見ても、そう高くない。私は牛肉と青菜の炒《いた》め物《もの》と覚しき一品と小籠包を頼んだ。その注文の仕方はひとりだけの客としては別に変則でもなかったらしく、店員の若者は簡単に理解してくれた。

出てきた料理はきちんとした味だった。小籠包が十個も出てきたのには驚いたが、日本で食べたものより少し皮が厚いのもかえっておいしく、私は綺麗《きれい》にたいらげてしまった。

一時間ほど街をぶらついて宿に帰った。

部屋に戻り、机の上に頬杖《ほおづえ》をついて、ぼんやり窓の向こうを眺《なが》めていると、日本を出たのがつい半日前だとは信じられなくなる。はるか昔のことのような気がしてくる。めまぐるしかった。螺旋《らせん》階段をぐるぐる降りていって、辿《たど》り着いたのがこの部屋だったのではないかと思えてくる。たった半日で、一気に香港の深い所にはまり込んでしまったような、不思議な興奮を覚えた。

宿の名はゴールデン・パレス・ゲストハウスというらしい。食事に出かける際、もし道に迷うようなことがあったらここに電話しなさい、と鉄火姐御が手渡してくれたカードにそう記されてあったのだ。黄金宮殿迎賓館。しかし、裏面に記されている漢字によれば、ゴールデン・パレスは黄金宮殿ではなく金宮、ゲストハウスは迎賓館でなく招待所となるらしかった。

あらためてそのカードを取り出して眺めてみると、その大袈裟《おおげさ》な宣伝の文面に思わず笑い出してしまいそうになる。

交通方便　電梯上落

環境優美　冷気設備
高級享受　招待週倒
長居短住　無任歓迎

ふと、隣の部屋から妙な音が伝わってくるのに気がついた。音ではなく声のようだ。細く糸を引くような女の声だ。それが、突然しゃくりあげるような声になる。耳を澄ますと、また細い悲鳴のような声になる。もしや……。しばらくして、シャワーが使われている音が聞こえ、静かになった。

ところが、ほとんど間を置かずに、反対側の隣室で似たような声がしはじめた。ベッドと壁をこすり合わされる音が生々しく響いてくる。やがて事が終ると、すぐにひとりが部屋を出ていく。どうやら、靴音《くつおと》からすると女のようだ。

なるほど、と私は思った。ここは、やはり、並の旅館ではなかったのだ。連れ込み宿か、それに似た役割の旅館なのだ。だから、必要以上にロビーが暗いのだ。だから、ひとりかと訊《き》いたのだ。なるほど、なるほど……。壁にかかっているピンナップの乳首は、裸が禁止されている香港の税関が黒く塗りつぶしたわけではなく、私のようにひとりで泊まってしまった客が、悶々《もんもん》として眠れず、腹立ちまぎれにやった仕業《しわざ》なのかもしれない、などとも思った。
これは面白くなった。私はゾクゾクしてきた。向かいのアパートの各部屋にはいつまでも電気がつき、中には、スリップ一枚で歩き廻っている女の姿が見える部屋もあった。いったい香港の連中は何時まで起きているつもりなのだろう、と思った時、この日が土曜日であることに気がついた。この宿のこの繁盛も、それ故《ゆえ》のことかもしれなかった。

3

朝、眼が覚めて時計を見ると、すでに十時を廻っていた。しかし、それにしては部屋が暗すぎる。ベッドから身を起こし、窓のカーテンを開けたが、大して明かるくならない。窓から顔を出し、ビルの谷間から僅《わず》かにのぞいている空を見上げると、真っ青に晴れあがっている。要するに、すぐ前まで迫っている高層アパートが光をさえぎり、この部屋をいつも夕暮れどきの薄暗さにしてしまっているのだ。それはこの雑居ビルだけのことではなく、林立しているどの建物も同じ状態にあるようだった。昼間だというのに、どの部屋にも灯《あか》りがついていた。

宿の中は、昨夜の激しい人の出入りが嘘《うそ》のように静まり返っていた。まだ眠っているのか、それともとっくに出ていってしまったのか、宿泊客は私ひとりなのではないかと思えるほど物音がしない。

ひとまず外に出てみることにした。

帳場に行くと、昨日私をここまで案内してくれた表情の乏しい年齢不詳の男がソファで居眠りしていた。いくら声を掛けても起きないので、部屋の鍵を彼の腹のあたりに放《ほう》り投げると、ようやく眼を覚まし、慌てて扉の錠を開けてくれた。

いい天気だった。湿気は多いが、強い陽差《ひざ》しが快い。

〈さて、これからどうしよう……〉

そう思った瞬間、ふっと体が軽くなったような気がした。

今日一日、予定は一切なかった。せねばならぬ仕事もなければ、人に会う約束もない。すべてが自由だった。そのことは妙に手応《てごた》えのない頼りなさを感じさせなくもなかったが、それ以上に、自分が縛られている何かから解き放たれていくという快感の方が強かった。今日だけでなく、これから毎日、朝起きれば、さてこれからどうしよう、と考えて決めることができるのだ。それだけでも旅に出てきた甲斐《かい》があるように思えた。

ネイザン・ロードを歩いていると、微《かす》かに潮の香りがしてきた。海が近いらしい。しばらく行くと、右手にその界隈《かいわい》には珍らしい重厚な造りの建物が見えてきた。正面に廻って眺めると、それはどうやらホテルらしく、玄関口にはロールスロイスが何台も停《と》まり、ポーターたちが大きなトランクやバッグを懸命に運び出していた。建物の壁にさりげなく名が出ている。

《THE PENINSULA》

これが有名なペニンシュラ・ホテルなのか、と私は嬉《うれ》しくなった。イギリス王室の定宿《じょうやど》というばかりでなく、世界の知名人を顧客として持っており、たとえばピーター・オトゥールが『ロード・ジム』を撮るため香港を訪れた際に泊まったのがペニンシュラだった、などという文章をどこかで読んだ記憶があった。

私は胡散臭《うさんくさ》そうな視線を向けてくるドアマンの横をすり抜け、中に入っていった。ペニンシュラのロビーはゆったりと広く、天井が高いのもいかにも格式あるホテルという風情《ふぜい》を漂わせている。

私はチェック・アウトをする客で微かにざわめいているフロントに向かい、レセプションのカウンターで、香港の地図があったら見せてくれないかと頼んだ。黒の制服を着た男は、一瞬こちらを値踏みするような視線を向けてきたが、すぐに職業的なにこやかさを顔に浮かべて小冊子を差し出した。その中に簡単な地図が出ているという。

「イッツ・フリー？」

わかってはいたが念のために訊いてみた。タダですか、と。

「イエス、フリー」

私はロビーのゆったりしたソファに腰を落ち着け、タダで貰《もら》ったガイドブックに眼を通した。なるほど地図もついている。それを見て、自分が香港のどのあたりにいるのか初めて理解できた。

香港は、中国大陸に続く九龍、新界の半島部と、香港島、大嶼山島などの無数の島から成っている。しかし、政治経済の重要な機能は香港島に集中しており、これに九龍地区を加えた一帯が香港の中心部を形成することになる。私はその九龍地区の中でも最も繁華な尖沙咀という地域にいるらしかった。九龍を南北に走る大通りが彌敦道、つまりネイザン・ロードで、わがゲストハウスの黄金宮殿は、その東側の一角に位置していることもわかった。

ペニンシュラ・ホテルは九龍の南端にあり、周辺にはリージェントやシェラトンをはじめ大ホテルが軒を連ねている。

その中に、ＹＭＣＡの名があるのに気がついた。かつて、寺山修司が主宰する天井《てんじょう》桟敷《さじき》に所属していた友人が、仲間とヨーロッパで芝居を打ち、南廻りで帰る途中、香港に立ち寄り泊まったのが、確かYMCAのはずだった。文なしの彼らが泊まったのなら高いわけがない。私は香港の宿の相場を知るために、YMCAで値段を訊いてみようと思い立った。もし安ければ、今日から宿がえをしてもいい。

YMCAはすぐ隣のブロックにあった。

玄関を入った正面の窓口で訊《たず》ねると、部屋は空いているという。しかし、値段を聞いて驚いた。エアー・コンディションなしで二十七香港ドル、ついていると五十香港ドルだというのだ。私が頭の中で日本円と換算していると、傍《そば》で聞いていた白人の青年が声を上げた。

「そいつは高すぎる」

私が顔を向けると、彼は笑いながら言った。

「もしよかったら、ジョイントしないか?」

「………?」

「一緒に部屋を借りるのさ」

「君と?」

「そう、僕と」

思いがけない提案だった。

あらためて彼をよく見てみると、くたびれたコットンのシャツにすり切れかかったジーパンをはき、足元には埃《ほこり》にまみれたバック・パックが置いてあった。いかにも長い旅を続けてきたに違いないと思わせるような風体だった。旅に出て一日しかたっていない私がその姿に圧倒されて黙り込んでいると、彼は承諾したと思ったのか窓口の女性に訊ねた。

「ツインでエアー・コンディションがつくといくらだい？」

「七十五香港ドル」

その返事を聞くと、彼は、ほら、というような顔をして言った。

「それならひとり三十七ドル五十セントですむ。五十ドルも払う必要はなくなるわけさ。一緒に借りようぜ」

そして、さりげない調子で、自分はゲイではない、と付け加えた。私には、その言い方がいかにも旅慣れた人のもののように感じられた。なるほど、旅先で見知らぬ者同士が相部屋で泊まろうとする場合は、それとなくゲイでないことを表明しておくのがルールなのかもしれない。

どうしようか、と思った。この白人の青年は一人旅のベテランのように見える。一緒に何日かを過ごせば、これから自分が行こうとしている国の情報ばかりでなく、旅の技術といったものを教えてもらえるかもしれない。それに、YMCAなら清潔さにおいても安全さにおいてもわが黄金宮殿より少しはましだろう。

しかし、とも思った。YMCAに泊まれば一応は西欧的なホテル暮らしができるだろうが、それなら東京にいてもできないわけではない。偶然のことから、せっかくあのような極めて香港的な曖昧宿《あいまいやど》にもぐり込めたというのに、放棄してしまうのはもったいなさすぎないだろうか。また、確かに彼と一緒に部屋を借りれば旅の技術を伝授してもらえるかもしれないが、それこそは誰に教わるでもなく、旅をしていく中で自分ひとりで身につけていくべきもののような気もする……。

「七十五ドルの部屋でいいかい？」

彼が私の顔を覗《のぞ》き込むようにして言った。

「三十七ドル五十セントか……」

そう呟《つぶや》いてみて、それがいま泊まっている宿の二倍近い値段であるという馬鹿《ばか》ばかしいほど単純な事実に気がついた。わが黄金宮殿は、たとえどれほどひどい音を立てようと、とりあえずクーラーがついて十九ドルにしかすぎないのだ。

「ユー・ウォント？」

どうする、と彼が言った。

「アイ・ドント」

いや、と私は咄嗟《とっさ》に答え、解《げ》せないという表情を浮かべている彼を残して、YMCAを出た。

考えてみれば、あの部屋は値段の安さといい、環境の刺激的なことといい、滅多にない掘出物なのだ。その発見が私を浮き浮きした気分にさせてくれた。

私はペニンシュラで貰ったガイドブックの地図を参照しながら、わかったようなわからないような名のついた道を、行き当たりばったりに歩きはじめた。

亜士厘道（アシュレー・ロード）
北京道（ペキン・ロード）
漢口道（ハンコウ・ロード）
海防道（ハイフォン・ロード）
彌敦道（ネイザン・ロード）
堪富利士道（ハンフリー・ロード）
加拿芬道（カーナボン・ロード）

勝手気儘《きまま》に歩いていたつもりだったが、しかし、いつしか宿の近くに戻ってしまっていた。

加拿芬道のさらに奥の小道に入っていくと、大衆的な食堂が何軒も並んでいる辺りに出る。昨夜食事をした上海料理屋もある。その前を通り過ぎた時、私は自分がひどく空腹なのを感じた。

昨夜と同じ店に入るのもつまらないので、少し先の、最も混んでいそうな一軒に入った。

店内はかなり広かったが、それでも九分以上の客が入っている。日曜の午前中ということもあったのだろうか、新聞を読んだりしながらひとりで食事をしている客がかなりいた。私は大きな円卓の空いている席に坐り、ウェイターのくるのを待った。だが、やってきたウェイターはメニューもくれず、ただ黙って立っているばかりなのだ。言葉も通じず、ジェスチャーも通じない。中国では、朝は粥《かゆ》を食べる習慣があると聞いていたので、紙に《粥》と書いてみたが、彼は無言で首を振る。助けを求めように も、円卓には香港のオジサンとオバサンしかいない。

いよいよ窮して、店内を見廻《みまわ》すと、斜め隣のテーブルで心配そうにこちらを見ている学生風の若者と眼《め》が合った。

「英語を喋《しゃべ》りますか」

私が訊ねると、若者は内気そうに微笑《ほほえ》みながら、ええ、と答えた。ホッとして、何気なく彼のテーブルの上に置かれている本の表紙を見ると、それはサムエルソンの『経済学』の最も新しい版の原書だった。喋るはずだ。注文の仕方がわからないのだが、と私が言うと、彼が実に流暢《りゅうちょう》な英語で説明してくれた。

「まず、好きなお茶をもらい、それから好きな食物をとればいいんです」

そう言われてみれば、駅弁売りのような格好をした少年たちが、盛んに店内を歩き廻っている。なるほど、これが飲茶、ヤムチャというものなのかもしれない。若者がウェイターに何事か言いつけると、茶のリストを持ってきてくれた。しかし、普洱、龍井、香片、宝利、鉄観音、などとあっても、どんな味の茶なのか見当もつかない。

迷っていると、若者が遠慮がちに声を掛けてきた。

「こちらのテーブルにきませんか」

私は喜んで彼の隣の空いている席に移った。

「どんな味のお茶が好きですか？」

どんなと訊かれても答えようがない。

「香港の人がよく飲んでいるものがありがたいんですけど……」

私が言うと、若者はウェイターと相談して決めてくれた。持ってこられた茶を飲んでみると、日本で飲みなれているジャスミン・ティーと違い、いささか漢方薬くさい。若者によれば、これが香港で最も一般的に飲まれている茶だということだった。

次は食物だ。シューマイのようなものでも頼もうかと思ったが、彼のテーブルの上にのっているものを見ると、私も食べたくなってしまった。何の葉だかわからないが、濃い緑の葉に炊《た》き込み御飯のようなものが包まれている。

「君のと同じものが食べたいな」

しばらくして、若者が近づいてきた少年の籠《かご》から同じものを取ってくれた。包んである葉を広げると、エビやシイタケやヤキブタの入った御飯が現われてきた。

「おいしい」

一口食べてそう言うと、若者も嬉しそうに頷《うなず》いた。

彼の名は張頌仁。二十三歳だという。学生ではなく銀行員。英語が上手なのは当然で、大学の四年間はカリフォルニアに留学していたという。卒業して香港に戻り、アメリカ資本の銀行に就職したのだそうだ。

張君は、互いに自己紹介をしたあとで、私が香港についたばかりなのを知ると、今日はどこへ行くのか、と訊ねてきた。

「特には決めていないです」

「どこか行きたいところはありますか」

別に、と返事をしかけて、数カ月前に東京で出会ったひとりの若者のことを思い出した。彼はこの張君と同じくらいの年齢だったが、十七歳の時、何か大きなことをやりたいと中国への密入国を企てる。香港に行き、上水という町から河を泳いで中国に入ることに成功する。すぐに見つかり送り還《かえ》されるのだが、その彼が国境の展望台から中国大陸を眺《なが》めた時の感動を語った言葉が印象的だった。

「そうだ、国境に行ってみたい」

私が言うと、少し意外そうな表情を浮かべたが、彼はすぐにこう言った。

「僕が案内しましょうか」

「それは嬉しいけど……」

私が彼の親切をどう受け止めてよいかわからず戸惑っていると、今日は休みだし、国境へは久し振りに行ってみたいから、とあまり押しつけがましさのない態度で彼は言った。どうしてそのように親切にしてくれるのかわからなかったが、余計な穿鑿《せんさく》などせず、親切は親切として受け入れてもいいような気がしてきた。ありがとう、と私は素直に応じた。彼は、これから家に戻って本を置き、出かけることを伝えたいので、ちょっと家に寄ってくれないか、と言った。

張君の家は、食堂から歩いて三、四分のところにあった。四階建てのアパートの二階のワン・フロアーが彼の一家の住まいらしく、階段を登って居間に通されると、すぐに犬が飛び出してきた。

じゃれつく犬の相手をしながら張君が説明してくれたところによれば、彼の一家は、一九四七年、上海から香港に移り住んできたのだという。父母と姉、兄、妹、そして張君の六人家族。しかし、姉はアメリカに住み、兄はロンドンに留学中で、現在は四人で暮らしている。彼がアメリカに留学していたことを考え合わせればかなりの資力を要すると思われるのだが、居間の様子から判断するかぎりではさほどの大金持ちには見えない。

正面の壁に、父方の祖父母だという二人の肖像写真と神棚《かみだな》のようなものが飾られている。居間の調度は年代物らしい深い光沢を放ってはいるけれど、豪華というほどではない。ごく普通の中流階級の家庭に思えるのだが、これからさらに妹がカナダに留学するという。

香港の人々が、来たるべき香港終末の日にそなえて、財産と子弟の教育を外国に分散させているという話はよく聞いていたが、香港で初めて知り合った一家が見事なほどの「保険」をかけているのを目のあたりにして、なるほどその話は嘘《うそ》ではなかったのだと納得できた。

今日は父母と妹が用事で出かけているということだったが、しばらくすると奥から黒い中国服を着た老婆《ろうば》が出てきた。阿媽《あま》、すなわちメイドだということだった。恐らく私のことを紹介してくれたのだろう、張君が中国語で何事か言うと、阿媽は不意に鋭い一瞥《いちべつ》を私に向け、あとはほとんど無視するような態度を取りはじめた。

張君にとっては阿媽のその態度は思いがけないものだったらしく、困惑している様子がありありとうかがえた。私がそろそろ行きませんかとうながすと、張君はホッとしたように椅子《いす》から立ち上がった。

外に出てから張君に訊ねた。

「彼女にどんなことを言ったの？」

「日本人、だって……」

彼が申し訳なさそうに答えた。

国境へは、九龍から上水まで汽車に乗る。鉄道は中国の広州へと続いているが、上水より先は許可証がなければ行かれないとのことだった。

汽車は三等級に分かれていて、一ドル十セントの三等に乗ると、ようやく坐《すわ》れるくらいの混《こ》みようだった。沙田、大埔、粉嶺などという駅を通って約一時間ほどで上水に着く。

汽車を降りて、二人でぼんやりしていると、英語で話し掛けてくる男がいる。白タクの運転手で、勒馬州の国境展望台まで三十ドルで行くというのだ。張君が中国語で返事をすると、びっくりしたように中国語に切り換え、一挙に二十五ドルに値下げしてきた。

二十五ドルでも安くはなかったが、歩けば二時間はかかるという。私はいいが張君に悪い。それが往復の値段だということを確かめて乗ることにした。

十五分も走ったろうか。水牛が荷車を曳《ひ》いていたり、農家の庭先でニワトリやアヒルが遊んでいたりする田園地帯を通り過ぎ、道を右に曲がったと思うと小高い丘が見えてきた。そこが香港から中国本土を眺めるのに最適の場所とされている勒馬州の国境展望台だった。

丘を登り、ただの丘の頂上というにすぎない展望台から北の方角を望むと、眼下にゆったりと河が流れ、その向こうに中国大陸の広大な水田地帯がひろがっていた。水田の間にポツリポツリと小さな集落があり、昼食の仕度でもしているのか煙がたなびいている家もある。そして、さらにその遠くになだらかな山の稜線《りょうせん》が見える。

国境の緊迫感といったものはどこにもないようだったが、記念写真を撮り合っている中国人の若いカップルに混じって、さっき張君の家で会った阿媽のような老婆が、ひとりでじっと遠くを眺めていたりする姿を見かけると、こちらの胸に迫ってくるものを感じないわけにはいかなくなる。

しかし、だからといって、老婆の望郷の念に和して、私たちも静かに中国の大地を眺めやる、というわけにはいかなかった。

実は、丘を登っている時、若い男女の五人連れが、中国語で笑いさざめきながら、私たちの脇《わき》を通り過ぎていった。仲がよさそうだけどどんなグループだろうと思っていると、そのうちのひとりの男性がいきなり振り向いて言った。

「もしかしたら、日本の方ですか」

「ええ……」

綺麗《きれい》な日本語であることにびっくりし、曖昧に頷くと、彼が弁解するように言った。

「つい、なつかしくて……」

その五人組の内わけは男性二人に女性三人だったが、男性は共に日本人であり、日本の電機会社から派遣された社員、女性はその香港工場で働いている工員ということだった。意外だったのはその年齢で、声を掛けてきた快活そうな男性が二十歳、もうひとりの無口そうな男性が二十二歳の若さだった。若いと言えば一緒の女性はさらに若く、ひとりが十八歳であとの二人は十六歳ということだった。

「なつかしいというと、日本を離れてもうどれくらいになるんですか」

私が訊《たず》ねると、快活そうな若者の方が照れながら答えた。

「二カ月弱……」

二年の間違いではないかと思い、訊《き》き直したが、確かに二カ月だという。それにしては、中国語が上手すぎる。ついさっきまで、少女たちと中国語で軽い冗談を言い合っていたはずなのだ。

「日本で中国語を勉強していたんですか」

「いえ、別に……」

「それにしては上手ですね」

私が言うと、無口な方の若者が引き取って言った。

「僕は駄目《だめ》なんですけど、こいつは凄《すご》いんです。すぐに喋りはじめましたからね」

「どうやって覚えたんですか」

私は快活な方の若者に訊ねた。

「聞いたんです。彼女たちの喋っているのを、耳を澄ませて聞いたんです。そうしたら、少しずつ言葉が覚えられて……」

あるいは、彼は天才的な耳を持っていたのかもしれないが、とにかく日本から出向してきた社員が、言葉を覚えるためにまずその土地の女工さんたちの話に耳を傾けることから始めたというのは、なにかしら素晴らしいことのように思えた。

「というと、今日のこのデートも、中国語の言葉の採集のためなんですね」

私が冷やかすと、二人共正直に顔を赤らめ、そういうことでもないんです、と言った。

そんなことを話しながら丘を登っていくうちに、張君も彼らの連れの少女たちと口をきくようになり、しまいには私たち七人の間で日、中、英の三カ国語が乱れ飛ぶようになった。だから、展望台に着いても、コーラを飲んだり写真を撮られたりで、もの思いにふけっている暇などなかったのだ。

帰りも、誰が言うともなく七人一緒に丘を降り、それぞれの車で上水に戻り、同じ汽車に乗った。彼らが二等に乗るというので、私たちも二等に乗ってワイワイやっていると、空いていることもあったのだろうが車掌までもが傍《そば》の席に坐っておしゃべりに参加しはじめた。

その車掌が、私の顔を見て、不思議そうに言う。少女たちもしきりに頷いている。張君に訳してもらうと、こう言っているらしい。

「おまえは日本人には見えない。まるで上海人のようだ」

顔つきや体つきが似ているというのだ。別に昨日小籠包を食べたからというのではないだろうが、そう言われると、意味もなく嬉《うれ》しくなった。上海人の両親を持つ張君に訊くと、黙っていれば確かにシャハイニーズに見えないこともない、と答えてくれた。張君の親切も、あるいは潜在的にはそんなことが影響していたのかもしれない。

終着駅の九龍に着いても、全員がなんとなく別れがたい気分になっていた。少女たちが、食事を一緒にしようと口々に言う。せっかく五人で夕食をと期待していたに違いない日本の若者二人に、どうしよう、という具合に顔を向けると、せっかくだから一緒にしましょう、と勧めてくれた。張君の様子をうかがうと、心が動いているのがわかる。

「そうしようか」

私が頷くと、少女たちは手を叩《たた》いて喜んだ。

「何を食べようか」

快活な方の若者が呟《つぶや》いた。

「日本料理！」

三人の中では最も年嵩《としかさ》の陳静儀という少女が声を上げると、他の二人も同調した。

近年、香港でも日本料理が一種のブームになり、まだ一度も食べたことのない彼女たちが話のタネとばかりに選んだのだ。日本人の二人も、久し振りとかで食べたそうにしている。私は香港にきてまで日本の料理を食べる必要はないと思ったが、多《た》勢《ぜい》に無《ぶ》勢《ぜい》、ついに押し切られてしまった。

九龍の大和という日本料理屋に入ってみると、予期した通り、かなり値段が張る。メニューには、スキヤキ三十ドル、スシ十五ドルなどとある。

少女たちがスシを食べてみたいと言うので、私たちも同じ物を頼むことにした。そして、日本の若者たちが香港に来て以来、どうも生野菜が不足気味だというので、サラダも別に注文した。

ところが、いざスシが出てくると、少女たちは気持悪がって手を出そうとしない。

「あれ、さっきはあんなに食べたがっていたのに、どうしたの」

私がからかうと、陳静儀は必死の形相でマグロをつまみ、ようやく一口は食べたが、それ以上は決して食べようとしなかった。最も幼ない感じの古碧云などは、見ているだけで鳥肌《とりはだ》が立ってくる始末だ。

食の習慣というのは極めて拘束力の強いものらしく、生のものをほとんど食べることのない中国人の彼女らは、生の魚がのったスシばかりでなく、生の野菜のサラダにも箸《はし》がつけられなかった。

さすがに男の張君は勇を鼓して挑戦《ちょうせん》しつづけていたが、おいしいというにはほど遠い顔をしている。少女たちは、ほとんど手をつけていないスシの桶《おけ》を前に、おなかがすいた、おなかがすいた、と騒ぎはじめた。

「中華料理を食べに行こうか」

私が提案すると、少女たちも張君も助かったという表情を浮かべた。勘定を払う段になり、私が張君と二人分の料金を渡そうとすると、電機会社の二人組は、あなたはこれから先いくらあっても足りないでしょうから、とついに受け取らなかった。

今度は張君と少女たちが相談し、連れていってくれたところが大上海飯店。私にとっては連日の上海料理、どういうわけか上海づいている。

自分たちのホーム・グラウンドで気が楽になったのか、少女たちがあけすけな好奇心を示して私に質問してくる。何歳か。仕事は何か。結婚はしているか。これからどこへ行くのか……。ロンドンまで、と私が答えると、少女たちが小さな嘆声を洩《も》らした。張君の家とは異なり、明らかに中流以下の階層に属する彼女たちにとっては、外国、とりわけヨーロッパへ旅行することは、まだ依然として夢のまた夢であるようだった。

食欲が満たされると、今度は体を動かしたくなったらしく、少女たちがディスコに行こうと提案してきた。ペニンシュラ・ホテルの地下にディスコがあり、そこで踊りたいと言う。真面目《まじめ》そうな張君はディスコなどに足を踏み入れたことはないようだったが、いやだとは言わなかった。思ったことをすぐ口にはするが決して無作法ではない彼女たちとの付き合いが、彼にとっても楽しくないことはなかったのだろう。

香港のディスコの料金のシステムも日本とほとんど変わらず、飲物を一杯とれば、あとはいつまでいてもいいことになっている。たとえば、コーラが十ドル、六百円といった具合だ。

激しいリズムの曲から一転してスローなテンポの曲に変わり、席に戻って休んでいると、一緒に踊っていた陳静儀が、ぴったりと体を寄せ合って踊っているカップルを指さして言った。

「あのスタイルの踊り方は好き?」

「あまり好きではないな」

「どうして?」

「暑苦しすぎるじゃないか」

すると、嫌《きら》いなはずはない、と断定するように言う。

「日本人は、みんなあのスタイルが好きなはずだわ」

どうして、と今度は私が訊ねる番だった。

「ザット・イズ・ジャパニーズ・スタイル、ウイ・セイ」

だって、あれのことジャパニーズ・スタイルって呼んでるんだもん、私たち。そう言って、可愛《かわい》い声でいつまでも笑いつづけた。


午後十一時にディスコを出て、さようならを言った。五人はタクシーで帰り、私と張君は歩いて帰った。日曜の夜の静かな街路を二人で歩いていると、古くからの友人であったような気がしてくる。

「明日は、どうするの」

張君が口を開いた。明日もどうするかは決まっていない。そう告げると、昼食を一緒に食べないか、と誘ってくれた。会社の近くのレストランでどうかと言うのだ。それもいいな、と思った。張君のオフィスは香港島にあるという。明日は、一日、香港島をぶらついてみることにしよう。

その張君とも別れ、ひとりで宿に向かって歩いていると、どこからか美しい弦の音が聞こえてきた。その音色《ねいろ》に曳《ひ》かれるようにして近づいてみると、坂道の途中の石段に坐り、盲目の老人が胡弓《こきゅう》を弾いていた。その隣には品のよい老婆が坐り、胡弓より少しふくらみのある楽器を抱え、老人に和すように奏している。二人の生み出す調べは悲哀をこめて美しく、夜の九龍をどこまでも流れていくようだった。

しかし、彼らの前に置かれた空き缶《かん》の中には、三、四枚の硬貨しか入っていなかった。

4

翌日、フェリーに乗って香港島に渡った。

彌敦道から梳士巴利道に出て、ペニンシュラやYMCAの前を通って少し行くと、埠頭《ふとう》が見えてくる。そこに九龍と香港島とを結ぶフェリーが発着するターミナルがあるのだ。スター・フェリー・ターミナル、華字にすれば天星碼頭。

フェリーは頻繁《ひんぱん》に発着している。九龍の各所から集まった路線バスから吐き出された客は切れ目なくフェリーに吸い込まれ、またフェリーから吐き出された客がそれらのバスに吸い込まれていく。客は五分と待たずにフェリーに乗ることができる。

九龍から香港島まで、所用時間はおよそ七、八分。その航海とも言えない短かい航海は、しかしなかなか気持のよいものだった。海上の微風も心地よく、対岸の高層建築群も美しい。これで十セントなら安いものだと思えてくる。

フェリーが着いたところがセントラル・ディストリクト、中環である。東京で言えば、丸の内と霞が関と銀座と上野をひとつにしたような地域であるらしい。

十二時五分前に張君のオフィスのすぐ近くに行き電話をした。香港には公衆電話が極めて少ないが、一般の電話の料金システムが日本と異なるせいか、誰でも、どこでも、簡単に貸してくれる。この時も、時計屋に入って頼むと、快く貸してくれた。もっとも、電話のあとで、店主から時計を買わないかとだいぶ迫られはしたのだが。

十分ほどしてその店まで迎えにきてくれた張君は、昨日と打ってかわったビジネスマン風の服装をしていた。

彼が案内してくれたのは、陸羽茶室という広東料理の老舗《しにせ》だった。しかし、その名店は、調度こそ重厚だったが、サービスには妙に格式ばったところがなく、実質一本槍《やり》なのがいっそ気持よかった。ディナーはまた別なのだろうが、近くの商店主やサラリーマンで満員になる昼は、メニューといってもザラ紙に印刷された品書きが出てくるだけだ。客はそこに自分たちの食べたい物の数を書き入れていく。値段もすぐに計算できるので懐《ふところ》の心配をしなくてすむ。

茶はポットに入ってくる。茶碗《ちゃわん》は小ぶりで、はじめ飲む時は熱湯の入った容器で洗ってから使う。ポットはふたを開けておけば何回でも注ぎ足してくれ、何十杯でも飲むことができる。

点心を四種、野菜と肉の炒《いた》め物《もの》、魚の油煮、中国式ヌードル、中国式パイ。料理の名前はわからないが、とにかく満足するまで食べて、二人で二十ドル、千二百円にしかすぎないのだ。

張君は勘定を払ってくれたうえ、一時半まで私の相手をしてくれた。申し訳なくなり、もうけっこうだからと言うと、ようやくオフィスに戻っていった。

張君と別れて、私は皇后大道、クィーンズ・ロードを西にぶらぶら歩きはじめた。キャット・ストリートに行こうと思ったのだ。

キャット・ストリートは正式の名を摩囉街、ラスカー・ロウという。またの名を泥《どろ》棒《ぼう》街。それは昨日盗まれたものが翌朝には出まわっているからだとも、それほどに安いからだとも言われている。

その通りを探しながら、坂道を登ったり降りたりしているうちに、偶然、露店が市をなしている通りに出てしまった。そこは坂道の石段に露店が並び、あらゆる種類の食品が商われている。肉、魚、野菜、穀物、果物、乾物、なんでもある。

肉には、牛があり、豚があり、羊があり、蛇《へび》があり、鶏がある。鶏は生きたものを売り、その場で絞める。生のものはもちろんだが、焼いたもの、いぶしたもの、茹《ゆ》でたもの、と料理に必要などのような肉でも揃《そろ》っている。

上野のアメ屋横丁に似ていなくもないが、露店に並んでいる品数の豊富さと、そこで買物をしている客の熱心さには、格段の差があるように思えた。しかも客は女性ばかりでなく、男性もまたその日の夕食のための一品一品を、あれこれと比較しながら丹念に買い求めていた。

その一帯は露店だけでなく、店舗を構えた商店の密集地でもあった。薬種問屋のエリアがあるかと思うと、金物屋のエリアが続き、生地屋《きじや》や乾物屋がかたまっている通りもある。

だが、面白いのはやはり露店だ。坂道を一本移るごとに、さまざまな露店を見つけることができる。古着屋、雑貨屋、印刷屋、古本屋などはどこにでもあるだろうが、屋台のテレビ売りや路上の床屋などもいる。

何を商売にしているのかどうしてもわからない店もある。女が石段の上に布を敷き、ただぼんやりと坐っている。すると、そこに老婆《ろうば》の客がやってくる。女は布の上に老婆を坐らせ、その顔に白粉《おしろい》のようなものを塗りたくる。そして、糸を両手で持ってピンと張り、それで顔中をこすりまくるのだ。客が必ず老婆であるところからすると、老人のための美顔術なのか、あるいは一種のヒゲソリかとも思ったが、ついに判断しかねた。

盥《たらい》ひとつを道端に置き、樟脳《しょうのう》で動くセルロイドの舟を商っている店もあり、あまりのなつかしさに、床屋の順番を待っている少年と一緒に眺《なが》めていると、アッという間に三十分もたってしまう。

もうキャット・ストリートなどどうでもよくなってしまった。香港は、恐らくあらゆる通りがキャット・ストリートのようなものなのだろう。あらゆるところに店があり、品物があって、人がいる。そのとてつもない氾濫《はんらん》が、見ているだけの者も興奮させてしまうほどのエネルギーを発散しているのだ。

〈香港って街は、なんて刺激的なんだ〉

私は九龍に戻るフェリーの上で、歩き疲れた脚を投げ出しながら、胸の裡《うち》で何度もそう呟いていた。

宿に帰り、シャワーを浴び、ひと休みしてから夕食をとりに出た。

疲れているはずだったが、彌敦道を五分も歩いているうちに、店や人や乗物に眼《め》を奪われ、また新しく興奮してきた。彌敦道を北へ十分も行くと、佐敦道という賑《にぎ》やかな通りにぶつかる。私はその佐敦道を左に曲がってみた。

大きな百貨店やレストランが続く通りが途切れると、油麻地の埠頭に出る。やはりフェリーのターミナルがあり、バスの発着所もある。

そこには広大な遊びの空間があり、周辺のアパートの住人が夕涼みに出てきている。子供の手を曳いた若い夫婦もいれば、海からの風を利用して凧《たこ》を上げている少年もいる。日本の凧ともアメリカのカイトともちがう菱形《ひしがた》の凧だ。尾をつけないためクルクルまわりながら、それでも落ちずに上がっている。

祖母なのだろうか。老女が抱いている幼児がむずかりはじめる。老女は幼児のおしりをむいて三度ほどピシャピシャと叩く。幼児は大きな声で泣き出すが、それがまるで合図でもあるかのように、老女が両足を持って構えてやると勢いよくオシッコを始める。

新聞売りの少年がやってくる。その少年の掛け声のリズムのよさに、思わず一部買ってやりたくなる。

広げてみると、漢字だらけの記事は、わかるようでいて肝心なところがわからない。そこが面白くて、コンクリートの上に腰を下ろし、読むのに熱中しはじめた。

下の方には新聞小説も載っている。どうやら男と女がベッド・インしているか、しようとしているところらしい。享瑞という野郎が南茜という小姐をなにやら懸命に励ましている。

「一点心理上的障礙必須克服」

そのうちに、享瑞両手擁着南茜的腰、ということになる。享瑞という男もなかなかやるのだ。すると南茜が「只要你不後悔」と言う。享瑞不但没有停止・反而更加緊的吻了幾吻説……。なんだかよくはわからないが、風雲は急を告げているのではあるまいか。ところが、南茜の口をついて出てくるのは、こんな台詞《せりふ》なのだ。

「……正式結婚呢」

隣のページには別の小説が載っていて、なぜか優子という名の女が兄嫁だかに責められている。なんとなく夫ある身の不貞が問題の焦点であるらしい。

「不・有関係・是嗎? 優子」

それに対して優子は、自然的語気回答、をするのだ。

「這事和我無関・大嫂」

優子さんの運命も気にならないわけではなかったが、そこでひとまず読むのをやめ、新聞を小さく畳んで小脇《こわき》にはさみ、また歩きはじめた。

いくつもの通りを過ぎ、なおかつ歩きつづけていると、急に人通りの激しい小道に出た。人垣《ひとがき》ができている。物見高く覗《のぞ》いてみると、屋台の男がその屋根に登って奮闘中であった。相手は蛇だ。蛇料理の途中で大脱走されてしまったものらしい。木の枝を伝って逃げようとする蛇をようやく取り抑え、野次馬に冷やかされながら屋根から降りてくる。

また少し歩く。と、そこには信じられないような光景があった。

何百、いや何千という夜店が数百メートルにもわたって延々と続いているではないか。道の両側どころではない。道に四重の露店、そのさらに両側には普通の店舗がある。つまり、一本の道に六重の店がぎっしり並び、その間の細い路地になったようなところを、人々が揉《も》み合うようにして通っている。

夜店は圧倒的に衣料品屋が多かった。惣菜《そうざい》用の食料品はどこにも売ってない。ここは、昼間の皇后大道周辺の賑わいと異なり、明らかに夜のための露店で占められていた。

ただし、立ち食いできるものなら食物も売っている。イカだと思うと豚皮であったり、つみれの煮物のようなものもある。嬉《うれ》しいのは値段があってないことだ。つまり定価が決まっていない。二十セント出せば豚皮を二十セント分くれる。十セントでも四十セントでもいい。そんなものを数種類、一ドルも食べているとかなり腹が落ち着いてくる。

タコを売っているのは幼ない三人兄妹《きょうだい》だ。二十セントを出すと、ハサミでじょきじょき切って、串《くし》に刺してくれる。兄が中国語で話し掛けてくるが、私は喋《しゃべ》れないという身振りをするより仕方がない。すると、彼は私の口が不自由なのだろうと早合点して、痛ましそうな顔つきになる。外国人などとは思いもよらないようなのだ。そういえば、その大露店街に観光客の姿などはひとりも見当たらなかった。食べ終り、

「サンキュー」

と言うと、彼はびっくりして眼を見張った。

ベルト屋、時計屋、レコード屋、鞄屋《かばんや》、アクセサリー屋などといった中に、街頭博奕《ばくち》をしている男たちもいる。台の上には青い鯉《こい》と赤い海老《えび》に染め分けた手拭《てぬぐ》いが広げられている。香具師《やし》はそれぞれに鯉と海老とが描かれている六面の賽《サイ》に、電光石火の早業で正方形の桝《ます》をかぶせて伏せる。その一番上の絵を当てるわけだ。いかにも人の好さそうなおじさんが二人のサクラにはさまれて苦戦している。

電球の柔らかい光、カーバイドの匂《にお》い、駄菓子《だがし》の毒々しい色、そして道行く人々のさざめき……香港中の人間が全部集まってきているのではないかと思えるほどの壮大

さに、私はいつしか体の芯《しん》まで熱くなっていた。

露店の並ぶ通りから少しはずれると、今度は中国式カフェテリア、つまり屋台が無数に店を開いていた。

路上にテーブルと椅子《いす》が並べられ、そこで人々が子供たちと、あるいは恋人と夕食を盛大に食べていた。私もつられてその一軒の椅子に腰を下ろすと、主人は当然のことのように広東語で注文を訊《き》いた。メニューなどという代物《しろもの》があるわけがない。隣の親父《おやじ》さんの食べているものを指さすと、主人は頷《うなず》き、御飯の上に焼豚をいっぱいのせて持ってきた。チャーシューハン、でいいのだそうだ。ビールが呑《の》みたくなり、注文すると、隣の親父さんがものも言わず一杯ごちそうしてくれた。

路上にいい風が吹いてくる。音楽のように異国人の会話を聞きながら、焼豚をつつき、グラスを空ける。酔いがホロッと廻《まわ》り、ゆったりとした幸せな気分が満ちてくる。

かつての浅草もこんなふうだったのだろうか。別に祭礼といったわけでもなさそうなのに、凄《すさ》まじい人出だ。もしかしたら、香港は毎日がお祭りなのかもしれない。八時半に日が暮れ、涼みながら夜店を冷やかし、一家で屋台の食事をとり、家に帰って寝る。平凡だがなんという豊かな日常。だが、これが果して日常と言えるのだろうか……。

いつだったか、幼ない頃《ころ》、これと同じような日常を経験したような気がする。そんなはずはないのだが、かつてあった、という思いだけが鮮明に甦《よみがえ》ってくる。

夜店の大ストリートが終り、しかし何の気なしに暗い夜道をもう少し先に行ってみることにした。そして再び驚いた。なんということか大露店街はまだまだ続いていたのだ。いや、むしろ今までの通りは前奏、前菜にすぎなかった。

露店に沿って歩いていくと、廟《びょう》があり、その前に広場がある。そこでは、ありとあらゆるタイプの香具師が出て、商売をしている。人相見、蛇使い、薬品売り、ガン治療法伝授、詰将棋、鳥占い。そして三つのチームが、唄《うた》と楽器を使って人集めをしていた。中でも、六、七歳の少年と少女に歌い踊らせ、男女間の際《きわ》どいセリフのやりとりと仕草をさせている一家が、圧倒的な人気を集めている。とりわけその少女、香港的美空雲雀は、天才的なショーマン・シップを発揮し、見物人を大喜びさせていた。一段落すると、老婆が帽子を持って見物人の前をまわる。大して金がありそうもない人々から、気前よく金が投げ入れられた。

そこから、さらに、長い長い露店街が続き、人はここにも溢《あふ》れていた。

その人々の流れに身を委《ゆだ》ねながら、私は激しく興奮していた。なぜ自分がこんなに熱くなっているのかわからない。しかし、とにかく、これが香港なのだ。今まで私がうろつき廻っていた場所などは、ここに比べれば葬儀場のようなものでしかなかった。これが香港なのだ、これが香港なのだ……。

そこが廟街《びょうがい》という土地であることは、宿に帰って地図で確かめて知った。

5

次の日から熱に浮かされたように香港中をうろつきはじめた。私は歩き、眺め、話し、笑い、食べ、呑んだ。どこへ行っても、誰かがいて、何かがあった。

たとえば午後、香港島に渡りセントラル・ディストリクトを歩いていると、不意に雨が降ってくる。雨足は強く、簡単にはやみそうもない。仕方がないのでビルの谷間の航空会社の軒先を借りて雨宿りをする。同じように雨具の用意のない人が、ひとり、またひとりと駆け込んできて、軒先はすぐにいっぱいになってしまう。すると、雨が降りはじめてから五分もしないうちに、傘売《かさう》りが姿を現わすのだ。左腕に十本ほどの傘をかけ、急ぎ足でやってくる。そのタイミングのよさに唖然《あぜん》としていると、雨宿りをしていたひとりがごく自然にビニール傘を一本買い、雨の中へ飛び出していく。あるいは夕方、ぶらぶら歩きの途中で広い運動場にぶつかる。グラウンドの一角では中学生くらいの少年たちがサッカーの練習試合をしている。運動場の横には階段式の見物席があり、六、七人の暇人がむき出しのコンクリートの席に寝そべったりして眺めている。歩き疲れた私も、石段のひとつに腰を下ろし、稚拙なサッカーを見物する。しばらくして気がつくと、いつの間にかキャンディー売りが姿を現わし、石段に坐《すわ》っている僅《わず》かな観客の間を歩き廻っている。

そんな馬鹿《ばか》ばかしいひとつひとつが面白かった。歩いて歩いて歩き疲れると、食堂に入り、時には喫茶店に入り、映画館に入った。そして、夜になれば廟街だ。廟街で露店を冷やかし、屋台で夕食をとる。人と物とが氾濫していることによる熱気が、こちらの気分まで昂揚《こうよう》してくれる。

香港は毎日が祭りのようだった。

もちろん、四百万を超える人々が日常的な生活を営んでいる以上、「毎日が祭り」だなどということがあり得るはずもない。しかし私にとっては、彼らの日常そのものが祭りのように感じられてならなかったのだ。それは、廟街に初めて遭遇した際の印象が、あまりにも強烈だったからかもしれない。

香港での七日間はすぐに過ぎた。私はイミグレーション・オフィスに出頭し、さらに一週間の滞在延期を申請した。不愛想な女性の係官は、三十ドルの代金と引き換えに、一週間のビザをくれた。

だが、そのセレモニーを何回も繰り返し、一週間、さらに一週間と香港にいつづけるほど魅《ひ》かれたのは、必ずしも「毎日が祭り」のようだったからというばかりではないような気がする。

香港には、光があり、そして影があった。光の世界が眩《まばゆ》く輝けば輝くほど、その傍《かたわ》らにできる影も色濃く落ちる。その光と影のコントラストが、私の胸にも静かに沁《し》み入り、眼をそらすことができなくなったのだ。

ある晩、廟街での興奮の余韻を残しながら宿に帰る途中、佐敦道の路上でひとりの老人に出喰《でく》わした。

彼は不思議な物乞《ものご》いだった。うずくまり、コンクリートの舗道の上で、一心に美しい文字を書いていた。彼が白墨で一画一画、力をこめて書いていたのは、漢詩だった。自分のこの苦しい状態を救ってほしい。その思いが七言絶句で表現されていた。文字は気品があって美しく、内容は私にも理解できるようなわかりやすいものだった。

たとえば、路上に書かれていた六編のうちの、最後の一編は次のようなものだった。

炎炎夏雨＊＊愁

肺病呻吟幾度秋
昔日書生吟勝地
今宵老残曳街頭

どうしても冒頭の句の二字だけは思い出せないが、その時は一度読んですぐ頭に入ってしまった。

暑さの中で、そして夕立に打たれながら、ある愁《うれ》いもて考える。肺病に苦しみながら、何度秋を迎え送ったことだろう。かつては学生として景勝の地へおもむき、詩を詠《よ》んだりもしたものだ。しかし今は、老いた醜い姿をこうして街頭にさらすことしかできはしない……。

彼の詩を読んでいると、そこに通りかかった三人連れのうちのひとりが、横眼で見やりながら大声で言った。

「この乞食の人ね、昔、ロンドン大学に行ったこと、あるらしいね」

たどたどしい日本語だった。どうやら中国人のガイドらしく、連れの二人は日本人の客のようだった。彼らは別に足を停《と》めようともせず、大きな笑い声を立てながら、近くの大酒楼の階段を登っていった。

カリブ海を愛したヘミングウェイに、キー・ウエストを舞台にした『持つと持たぬと』という活劇風の小説がある。原題を何というのかは知らないが、私がかつて大学で経済学などというヤクザな学問のシッポをかじりかけていた時、常に核心に据《す》えられていたのは《Haves and Have-nots》という問題だった。持てる者と持たざる者と。この香港においても、持てる者と持たざる者との対照は露骨なほどはっきりしていた。しかし、持てる者が常に豊かで、持たざる者が常に貧しいかといえば、それはそう簡単なことではない。

――貧困は僕にとって必ずしも忌《い》むべきものではなかった。なぜなら、太陽と海とは決して金では買えなかったから。

ヘミングウェイの読者だったにちがいないアルベール・カミュも、確かそのようなことを言っていたと思う。

小雨が降る中を筲箕湾に行った。香港島の徳輔道から路面電車に乗って終点まで行くと、そこが筲箕湾だったのだ。

筲箕湾は小雨に煙って無数のサンパンに埋めつくされていた。ここは香港仔のような観光地ではない。ただ人が住むためのサンパンがあり、バラックがあるだけの土地だ。

目的もなく歩いていると、バラックとバラックとの間の暗がりの中で蠢《うごめ》くものがある。見るとそれは人だった。ボロボロの黒衣をまとい、垢《あか》にまみれた流浪者《るろうしゃ》なのだ。また少し歩くと、道端で雨に打たれながら横たわっている老婆《ろうば》がいる。呻《うめ》く気力すらなく、気管からかすれたような音を出すばかりだ。垢だらけの下半身を剝《む》き出しにして這《は》っている。

湾の近くに屋台が何軒も並ぶ食堂街があった。その中の一軒にソバ屋があり、とてもいい匂いがする。オバサンがソバを作るのを見ていると、日本の駅の構内にある立喰いソバの作り方とほとんど変わらない。客は屋台に並んでいる五、六種類の麵《めん》の中から自分の好きなものを指定する。拉麵《ラーメン》らしいちりちりの黄色い麵もあれば、うどんに近い白い麵もある。それをオバサンは湯がき、どんぶりにあけ、香菜とさつま揚げのようなものをのせて、汁をかける。一杯がどうやら一ドルのようだった。

私が見ていると、そこに若者がひとりやってきた。ソバ屋の前でぼんやり立っている私を不審に思ったのか、中国語で話し掛けてきた。意味がわからず、口元を見つづけていると、今度は英語で訊《たず》ねてきた。

「腹が空いているのか？」

私は頷いた。

「そうか、俺《おれ》もだ」

彼の身なりも粗末だった。機械油で汚れた黄土色の半袖《はんそで》シャツに、長いものをハサミで切っただけの七分ズボン、それにサンダルをはいている。

「あんた、どこから来た」

日本からと答えると、若者は眼《め》を輝かせた。

「日本か……きっと日本には、いっぱい仕事があるんだろうなあ」

話を聞くと、彼もまた香港の膨大な失業者のうちのひとりなのだった。本業はペンキ屋だが、職を失ない、今は什工《ツアプカン》、つまり走り使いの何でも屋をしている。一日働いて十七、八ドル、約千円。しかし三日に一日も仕事にありつければいい方という。親は死に、兄弟はないから、ひとりで気楽に暮らしているが、と言って笑った。

「どこに泊まってるんだい？」

彼が訊ねてきた。

「九龍の招待所」

私が答えると、それはいい、と意外なことを言う。それまでは、私が招待所に滞在していることを知ると、誰もがちょっと困ったような顔になって黙ってしまうのが常だったからだ。

「俺のねぐらはね……」

と、元ペンキ屋の若者は近くの崩れかかったような古い建物のてっぺんを指さし、言った。

「……あのルーフ・トップさ」

「ルーフ・トップ?」

「そう、ルーフ・トップ」

ルーフ・トップとは屋根裏なのか屋上なのか定かな知識はなかったが、見ると、屋上に材木の切れ端を組み立てただけの掘っ建て小屋があった。

「快適かい?」

私が冗談めかして訊ねると、屈託のない笑いを浮かべて言った。

「雨さえ降らなければね」

彼は私に向かって熱心に日本について訊ねた。ひとつ聞くと、眼を輝かせ、それを中国語にして近くにいる者に伝えてやる。ソバ屋のオバサンもその客も、彼が口から泡《あわ》を飛ばすようにして話すことに耳を傾けている。

「日本に行けたらなあ……」

彼は夢を見るような表情を浮かべて呟いた。

どれくらい喋《しゃべ》っただろう。不意に彼がソバを食べようという。オバサンに頼んで作ってもらった白い麵のソバは、味も日本のうどんに似ていて、さっぱりした塩味のスープによく合った。しかし、食べ終ると、彼はオバサンに中国語で何か話し掛け、私にグッドバイと言い残すと、料金も払わずに帰ってしまった。もちろん金は私が出すつもりだったから構わないが、礼のひとつくらいあってもいいのではないだろうか。見事な手際《てぎわ》でタカられたことにがっかりしながら、エリザベス女王の肖像が刻まれているコインを取り出した。

ところが、屋台のオバサンはいらないという。初めは私が外国人だからサービスしてくれているのかと馬鹿なことを考えたが、そうではなかった。オバサンや客の必死の身ぶりでようやく理解したところによれば、ペンキ屋の彼がこういって立ち去ったらしいのだ。明日、荷役の仕事にありつけるから、この二人分はツケにしておいてくれ、頼む……。私は、失業している若者に昼食をおごってもらっていたのだ。自分が情けないほどみじめに思えてくる。情けないのはおごってもらったことではなく、一瞬でも彼を疑ってしまったことである。少なくとも、王侯の気分を持っているのは、何がしかのドルを持っている私ではなく、無一文のはずの彼だったことは確かだった。

香港をうろつき、夜遅く帰ってくると、いつでも彌敦道の夜総会、ナイトクラブの前には、香港の若い遊び人が女たちの出てくるのを待って屯《たむろ》していた。女たちがきらびやかな衣裳《いしょう》で出てくると、辺りは一瞬、浮き立つように華やかになる。

そこを曲がり、宿へ向かう坂道に入ると、石の階段に坐った老夫婦がいつも必ず胡《こ》弓《きゅう》を奏《かな》でていた。彼らの前の空き缶《かん》に沢山の金が入っていると、いつもホッとして通り過ぎることができた。

6

宿は想像した通りやはり連れ込み旅館だった。

教えてもらったところによれば、本来ゲストハウス、招待所は中国人のための簡易旅館であるはずなのだが、今やその大部分が香港の男女のために一夜の宿を提供するものになってしまっている。招待所の看板の上に夫人がつけばれっきとした売春宿だが、その二つにほとんど差がなくなってきたともいう。つまり招待所が売春宿化しているというのだ。

しかし、わが黄金宮殿には、抱えられている女はいなかった。連れ込みが主で、女の必要な客には誰かを電話で呼び寄せるという形をとっているようだった。もちろん、だからといってわが宿のいかがわしさにいささかの変化があるわけではなかったが、ロビーに屯する男女の顔の見分けがつくようになってからは不安が減った。

慣れるに従って、居心地も悪くなくなってきた。主人は人がよかったし、鉄火姐御《あねご》も面倒見が悪くなかった。私は二人に好遇されたといってもいい。だが、それを彼らの友好善隣の精神の発露であるとか、無私の精神によるものだなどと考えるのは、香港の商人に対して逆に礼を失したことになるかもしれない。しばらくするうちに、彼らの好意にも理由がないことはないらしいと気がついた。

ゴールデン・パレス・ゲストハウスは、雑居ビルのワン・フロアーの四分の一を借り、帳場をはさんで左右に四部屋ずつが振り分けになっている。全部で八部屋。しかしそのすべてが満員になるなどということは、週末の最繁忙期でも滅多になかった。客は散発的で、宿はいつも閑散としていた。そのような状況の中では、ひとりとはいえ長期滞在の私は、連れ込み旅館経営の安定のために大いに益するところがあったはずなのだ。

宿に属している女はいなかったが、頻繁《ひんぱん》に呼ばれて来る女というのはいた。用がない時にも姿を現わし、薄暗いロビーで、何を職業としているのか見当もつかないような男たちと麻雀《マージャン》を打っていたりする。そのうちのひとりに、麗儀という若い女がいた。香港の女性の多くがそうであるように、足の綺麗《きれい》な、肌《はだ》のなめらかそうな、二十一歳の女だった。

初めて顔を合わせた頃《ころ》は、どうしてこいつはこんなところにいるのだろうといった訝《いぶか》しげな表情をしていたが、やがて私の顔を見ると早口の広東語で喋りまくり、ポカンとしている私をよそに、大きな声でひとり笑ったりするようになった。

彼女たちが麻雀をしている背後でぼんやり戦局を眺《なが》めていたりすると、宿の従業員に自分たちが飲むコーラの本数にさらに一本追加して注文し、私におごってくれたりした。勝つと笑い、負けると牌《パイ》を叩《たた》きつける。勝っても負けてもほとんど表情を変えない彼らにあって、麗儀だけが喜怒哀楽の表情を露《あら》わにした。

麗儀は英語がまったく喋れなかったので挨拶《あいさつ》以上の会話をすることは不可能だったが、ときおり、鉄火姐御の通訳つきで話すことはあった。年齢は？ 住んでいる街は？ 香港は好きか？ 他愛《たわい》のない話題だったが私にとっても楽しくないことはなかった。

宿が暇な月曜日の晩、馬春田が女を買いに行かないかと誘いに来た。

馬は、その宿で知り合った四十くらいの男で、船乗りだった。主人の友達らしく、乗っている船が香港に停泊中だとかで、これもよく宿に入りびたっていた。彼は私が日本人だと知ると、自分から話し掛けてきたのだ。

「僕はマ・シュンデンです。でも、日本ではみんな僕のこと、まあ、ハルタさん、と呼びます」

達者な日本語なのに驚かされた。それもそのはずで、もし彼の言葉を素直に信じるとすれば、長崎に妻同然の女がいるのだそうだ。

この馬は、外見的にはさほど精力絶倫という風には見えないのだが、芯《しん》から女が好きらしく、どんな話をしていても最後は女の話に持っていってしまう。いつだったか同じ船に乗っているというブラジル人の船員を連れてきたことがある。紹介された私は、世界中の主な港はほとんど廻《まわ》ったという彼に、どこの港が最もよかったか、と社交辞令のような質問をした。横浜もよかったし、香港も悪くないし……と彼もまるで『ローマの休日』のアン王女のようないい加減な返答をしていると、突然、馬が横から口を出してきた。

「香港はよくないね」

その真剣さに興味を覚えて、なぜ、と訊ねた。

「女が悪い」

この一点は揺るがせにできないといった断固たる口調で答えた。

「どんなところが？」

「やさしくない」

そう言われてみると、いったいに香港の女性には当たりに柔らかさがなく、きつい感じがしないでもない。

「でも、足が美しいじゃないですか」

私が言うと、馬は首を振った。

「あんなものは、抱いたら棒と同じ」

「肌がなめらかそうじゃない」

「冷たくてよくないね」

それなら、と私はブラジルの船員から馬に向けて訊ね直した。

「どこの港が一番よかった？」

「ペナン」

言下に答えた。

「ペナンの女は最高ね」

ペナンという地名が馬の口から発せられると、ブラジルの船員の表情が大きく動いた。世界中でペナンの女が最もよい。馬がそう言っているのを知ると、彼も大声で叫ぶように言った。

「イエス、ペナン！」

完全な意見の一致を見た二人は、それから、ペナンで会った自分の女がいかに素晴らしかったかを飽かず喋りつづけた。もっとも、女に対してはかなり自信を持っているらしいブラジルの船員も、馬春田の具体的な、微に入り細をうがっての説明には、しばしば沈黙して、耳を傾けざるを得なかった。

その馬が、女を買いに行こうというのだ。香港の女はよくなかったんじゃないのと私が言うと、それはそれこれはこれと真面目《まじめ》な顔をして言った。どうせならここでいではないかと混ぜっ返すと、ここは高すぎると答えてから、凄《すご》い穴場を見つけたんだと声を弾ませた。

「油麻地《ユマティ》？」

私が知ったかぶりで言うと、一笑に付された。

「あんなところじゃないですね」

馬が凄い穴場と興奮しているからにはそれなりの理由があるのだろう。いったいどんな所なのか行ってみたくないことはない。どうしようと迷っていると、急に馬が悪かったというような顔つきになって言った。

「そうね、兄さんは、お金がないんだったね」

金がないわけではなかったが、これからの長い旅を思って節約して使っているうちに、宿に出入りする誰からも文なしと見なされるようになってしまっていたのだ。いや、でも、などと口の中でモゴモゴやっていると、馬は無理しなくてもいいんだというように手を振った。私も今までのいきがかりから、女を買う金はあるんですとも言いかねて、口をつぐんでしまった。

馬は宿を出ていく際、ロビーのソファに坐《すわ》って所在なげに煙草《たばこ》をふかしている麗儀を見つけると、声を掛けた。それはどうやら卑猥《ひわい》な冗談だったらしく、馬は歯をむき出してひとりで笑っていたが、麗儀は怒ったように顔をそむけた。

馬がいなくなると、ひどく損をしたような、妙な気分になった。部屋に戻り、ベッドの上に寝転がって新聞を読んだ。

そうして十分くらいは過ぎたろうか。部屋の扉《とびら》がノックされた。開けると、麗儀が立っている。何の用事かと訊ねても、言葉が通じないため要領を得ない。立って顔を見合わせていてもはじまらないので、部屋の中に招き入れた。

麗儀は下着や新聞の散乱している部屋の中を物珍らしそうに見廻している。彼女がこの部屋に入るのは初めてのことなのだ。彼女の様子から、特に用事があるわけではなく、遊びにきてくれたらしいということがわかってきた。しかし、せっかくの彼女の好意だったが、姐御がいないことには五分と間がもたない。互いに喋る言葉がなくて、すぐに黙り込んでしまう。

私はベッドに腰を掛け、麗儀は窓際の机の前にある椅子《いす》に坐っていた。彼女は沈黙に困惑したようにしばらく視線を動かしていたが、机の上に航空用の便箋《びんせん》を見つけると、傍《そば》に転がっているボールペンを手に取った。

1234567890

麗儀が書きつけたのは十個の数字だった。そして、私に同じものを書いてみろと手振りで勧める。どういうことなのか訳がわからなかったが、彼女の言う通りに書いてみた。すると、さらにその横に、これと同じものをもう一度書けという。私は繰り返しその十個の数字を書いた。

麗儀はその二列の数字をしばらく眺めていたが、やがて別の紙にこう書きつけた。

有恒心
胸襟広大

どうやらこれは占いであったらしいのだ。同じ数字を二度書かせ、そこから性格を読み取ろうとする。なるほど私にも理解しやすい占いだった。有恒心、胸襟広大などと書かれると、そうだ俺には恒心があって胸襟も広大だったのだ、そうなのだ、と調子よく納得したい気分になった。麗儀はボールペンを持ったまましばらく考えていたが、やがてその横に二つの文字を書き加えた。

孤寒

それを眼にした瞬間、ドキッとした。恐らく、日本にそのような言葉はないが、彼女が表現しようとしたものは明確に伝わってきた。孤寒。その優雅な言い廻しと裏腹の冷えびえとした文字の姿の中に、本当に私の性格とその未来が隠されているのではないかと思えてきた。

〈孤寒、か……〉

しかし、そんな思いに長く耽《ふけ》っているわけにはいかなかった。麗儀と二人で狭い部屋で黙って顔を突き合わせている状態が、なんとなく気づまりに感じられてきたのだ。それは彼女も同じらしく、居心地が悪そうに盛んに体を揺すっている。ついに彼女は立ち上がり、ひとこと呟《つぶや》くとそのまま部屋を出て行ってしまった。ハンサム、と聞こえたが、そんな言葉でないことは、彼女の表情の硬さから明らかだった。

あの時、彼女は何と言ったのだろう。それ以後も、ロビーで顔を合わせると彼女は少しも変わらず喋り、笑い掛けてきたが、常に気に掛かっていた。そのことを香港で知り合った日本人に話すと、彼は笑いながら、それはハムサンと言われたのかもしれませんね、と教えてくれた。ハムサンは助平という意味の俗語だという。

だが、一指も触れなかった女にどうして助平などと罵《のの》しられなければいけないのだと言おうとして、そうか、だから助平なのか、となぜか深く納得してしまった。しかし、あそこで突如として麗儀に襲いかかったとしたら、助平とは言われなかったろうか。いや、言われたろう。でも、どうせ同じように助平と言われるのなら、どうしてあの時……と後悔したが、文字通りあとの祭りだった。麗儀は二度と私の部屋に遊びに来ることはなかった。

7

日がたつにつれて、しだいに身が軽くなっていくように感じられる。言葉をひとつ覚えるだけで、乗物にひとつ乗れるようになるだけで、これほど自由になれるとは思ってもいなかった。

言葉については、私にも不安がなかったわけではない。喋《しゃべ》れる外国語はひとつもなく、学校で十年間も習ったはずの英語も、頭の中で単語を並べてみなければ、道を訊《たず》ねることすらできない始末だ。これで数カ月に及ぶ旅行ができるとは到底思えなかった。

しかし、香港で何週間か過ごしているうちに、言葉については自分がほとんど不安を持たなくなっているのに気がついた。

香港に着いたとたん急に英語がうまくなる、などという奇跡が起こるはずはない。単語を並べるだけの英語であることには変わりなく、少し混《こ》み入った話になるともう口が動かなくなってしまう。だが、それを恐れることはないということがわかってきたのだ。口が動かなければ、手が動き、表情が動く。それでどうにか意を伝えることはできる。大事なことは、実に平凡なことだが、伝えようとする意があるかどうかということだ。

英語で訊ね、答が返ってくる。すると、その中に、英語に独特の言い廻しが含まれていることに気づく。記憶し、今度はそれを人に対してすぐに使ってみる。通じれば、それで確実に言葉をひとつ覚えたことになる。そうしているうちに、英語に対して萎《い》縮《しゅく》していた心が伸びやかに広がってくる。少なくとも、私はそうだった。

もちろん、香港のすべての人が英語を喋るわけではない。英国の統治下にあるとはいえ、喋れる人の方がむしろ例外的な存在なのだ。香港の人と喋ろうと思えば、広東語で話すより方法がない。私は、アナタノオナマエハ、コレハイクラデス、コレハナンデスカ、といった広東語をひとつひとつ覚えていったが、それによってどれほど自在に香港の人と接触できるようになったかわからない。しかし、香港にいるうちに言葉についての不安がなくなったのは、英語に対する萎縮した気持がなくなったことや広東語のカタコトを覚えられたことより、香港の人とは筆談が可能だということの発見の方が大きかったように思う。

英語が喋れる人に対しても、途中で意が通じ合わなくなると漢字で書いてもらう。

そこに盛られた意味を想像し、こちらも勝手に漢字を並べると、不思議なほど理解してもらえる。相手の書く漢字が難かしかったり、もう日本では使っていなかったり、逆に、こちらの書く字が日本式の略字であって相手にどうしても通じなかったりということもあったが、最後にはなんとか理解し合える。場合によっては、下手な英語よりはるかに心の奥深いところの、微妙な陰翳《いんえい》まで伝え合うことができた。

私はポケットに、いつも紙の切れ端とボールペンを入れておくようになった。

香港を歩き廻るのには、人力車を除いてあらゆる乗物を利用した。二階建ての路面電車やバス、それに小型のパブリック・バスや稀《まれ》にタクシー。しかしなんといってもよく乗ったのはフェリーだった。とりわけスター・フェリーは、香港島へ渡る時はもちろんのこと、用がない時でもただ漠然《ばくぜん》と乗っては往復して帰ってきたりするほどだった。私はスター・フェリーが好きだったのだ。

スター・フェリーには、昼には昼、夜には夜と、その時刻によってそれぞれ異なる心地よさがあった。

光の溢《あふ》れる日中には、青い海の上に真っ白な航跡が描かれ、その上をゆったりと鳥が舞う。大気が薄紫に変わる夕暮れどきは、対岸の高層建築群に柔らかな灯《ひ》が入りはじめる。そして夜、しだいに深まる闇《やみ》の中で、海面に映るネオンが美しい紋様を描いて揺れるのだ。私はこのスター・フェリーに乗ると、それまで自分が身を置いていた街路の興奮から醒《さ》め、心が穏やかになっていくのを感じた。

それは必ずしも私だけのことではなく、香港の市民にしても同じことだったのではないかと思われる。生まれてから何百回、何千回と往復しているに違いない彼らが、フェリーの動きと共に変化していく風景に、優しい視線を投げかけている姿をよく見かけたからだ。本や新聞に眼《め》を落としている客はほとんどいず、大部分は、男も女も、老人も子供も、対岸の建物や往きかう大小の船、風に舞うしぶきなどを眺めている。人が狭い空間に密集し、叫び、笑い、泣き、食べ、飲み、そこで生じた熱が湯気を立てて天空に立ち昇っていくかのような喧噪《けんそう》の中にある香港で、この海上のフェリーにだけは不思議な静謐《せいひつ》さがある。それは宗教的にも政治的にも絶対の聖域を持たない香港の人々にとって、ほとんど唯一《ゆいいつ》の聖なる場所なのではないかと思えるほどだった。

十セントの料金を払い、入口のアイスクリーム屋で五十セントのソフト・アイスクリームを買って船に乗る。木のベンチに坐り、涼やかな風に吹かれながら、アイスクリームをなめる。対岸の光景はいつ見ても美しく、飽きることがない。放心したように眺めていると、自分がかじっているコーンの音がリズミカルに耳に届いてくる。このゆったりした気分を何にたとえられるだろう。払っている金はたったの六十セント。しかし、それ以上いくら金を積んだとしても、この心地よさ以上のものが手に入るわけでもない。六十セントさえあれば、王侯でも物乞《ものご》いでも等しくこの豪華な航海を味わうことができるのだ。

六十セントの豪華な航海。私は僅《わず》か七、八分にすぎないこの乗船を勝手にそう名付けては、楽しんでいた。

香港島でうっかり夜遅くまで遊んでしまい、午前二時のフェリーの最終便に乗り遅れると、あとはワラワラのお世話になるより仕方がない。ワラワラとは、香港の深夜族のための特設フェリーといったもので、フェリーが止まってしまう深夜の数時間、フェリー発着所の近くの桟橋《さんばし》から小型の船が何往復かする。

フェリーが止まっても、香港島と九龍が海底トンネルで結ばれている以上、タクシーで帰って帰れないことはない。しかし、それを利用するためには、香港の物価水準からすれば法外と思われる通行料金を取られることを覚悟しなければならない。その上、タクシーの運転手はメーター料金のほかに帰りの通行料金も請求するから、合計ではかなりの金額になってしまう。ワラワラは、さすがに十セントのフェリーよりは高いが、それでも一ドル、六十円にしかすぎない。

このワラワラも何度か利用したが、初めて乗った時は緊張した。

金を払って中に入ると、すでに何組かの先客がいる。十五人も入れば満員になってしまうような小さな船室に、十人くらいの男女が船の出るのをじっと待っている。そのほとんどが若者で、しかもどういうわけかはっきりと国籍がわかるような人物はひとりもいない。顔つきやファッションからでは想像もつかない。西洋人、らしい者。東洋人、らしい者。そのハーフ、らしい者。そしてその無国籍風の若者たちが、咳《せき》ひとつせず、黙りこくり、眼だけは光らせながら互いをぶしつけに観察し合っている。そのさまはかなり異様なものだった。九龍側の桟橋に着くまでの三十分、私は知らぬ間に息をつめ、体を固くしていた。

しかし一度乗ってしまえば、不気味なワラワラも便利で興味深い足に変わってしまう。行動半径が広がり、夜を長く使えるようになる。さらに、身が軽くなる。

もっとも、身が軽くなったのは単に言葉や乗物による心理的なものばかりが原因ではなく、実際に物理的にも軽くなっていたのだ。長く宿に泊まっているうちに、貴重品の類《たぐ》いを部屋に残しておくことに平気になった。主人夫婦も従業員も、その点に関してはは信頼していいことがわかってきたからだ。私は外をまったくの手ぶらで歩けるようになった。

いっさいの荷物を持たず思うままにぶらつけるのはありがたかった。香港の街の匂《にお》いが私の皮膚に沁《し》みつき、街の空気に私の体熱が溶けていく。街頭で華字新聞を買い、小脇《こわき》に抱えて歩いていると、香港のオジサンやオバサンに呼び止められて、道を訊《き》かれるようになった。黙っているかぎり、誰も私のことを異国人とは見なさなくなる。異国にありながら、異国の人から特別の関心を示されない。こちらは好奇の眼で眺《なが》めているが、向こうからは少しも見られない。それは、自分が一種の透明人間になっていくような快感があった。

ある夜、廟街から帰って、また当てもなく街にさまよい出た。フェリーに乗り、香港島に渡った。

人通りの少なくなった皇后大道をぼんやり歩いているうちに、昼間行ったばかりの香港仔にもう一度行ってみようかなという気になってきた。今頃《いまごろ》の時間なら、中環からバスで二十分もあれば着いてしまうだろう。

香港仔、アバディーンは、数千隻《せき》の小船で暮らす水上生活者と水上のレストランが売り物の、香港でも屈指の観光地である。夜間には船を利用しての売春もあるとか言われている。

バスに乗り、終点まで行くと、そこが香港仔だ。停留所に着き、降りたとたん、異様な光景が眼に入ってきた。

水辺に近い道路に大型の観光バスが三台並んで駐車していた。そこへ水上レストランで食事をすませてきた観光客が、恐ろしい勢いで戻ってきて車に乗り込んだ。すると、その周辺に屯《たむろ》していた水上生活者たちが、手に土産物を大量にぶら下げて一斉《いっせい》にバスを取り囲んだのだ。大人はもちろん、幼ない子供たちもいる。

「コレ、五ヒャクエンヨ」

「ヤスイ、オミヤゲ」

「カワナイ、ソンネ」

などとカタコトの日本語で叫んでいる。客は金を放《ほう》り投げんばかりにして買いまくる。本当に買わないと損だと思っているかのような凄《すさ》まじさだ。香港ドルでは間に合わず日本円で買っているオバサンもいる。私は傍《そば》で呆然《ぼうぜん》と眺めていた。戦闘は五分も続いたろうか、観光客はまさに怒濤《どとう》のように現われ、怒濤のように去って行った。

バスが見えなくなると、それまで物売りに狂奔していた少女たちが、何事もなかったかのような穏やかな顔つきになって縄跳《なわと》びを始めた。近所に住んでいるらしい少年や少女も出てきて一緒になって遊び出す。夜の十時を過ぎようとしているのに、周りで涼んでいる大人たちが叱《しか》るわけでもない。

縄跳びでの遊び方は日本と同じだった。両端で二人が縄をまわし、そこに次々に入っていっては跳び抜ける。しばらく私も見物していたが、急に跳んでみたくなり、入れてくれるかいと日本語で訊ねると、意味がわかったらしく、すぐに順番を作ってくれた。

ひとしきり遊んだあとで、ごく自然にみんなでまるく輪になって腰を下ろすような形になった。そこに、六、七歳の、いかにもわんぱくそうな男の子が通りかかった。彼はその場にいる子供たちとふざけ合っていたが、私の顔を見ると、夢中になって喋りかけてきた。愛嬌《あいきょう》のある顔つきで、何かを懸命に伝えようとしていることはわかるのだが、どうしても理解できない。

子供たちの中に、英語の単語をほんの少し知っている年嵩《としかさ》の少年がいて、盛んにアフター・ヌーン、アフター・ヌーンと男の子の言葉を通訳してくれる。

午後だって？

そう。

そして男の子は、ホー、ホーと言いはじめた。

「ホー？」

私が訊《き》き返すと、男の子は大きく頷《うなず》いて言った。

「ホー、ミセス・ホー」

「ミセス・ホー？」

「ハイー」

なるほど、少しわかってきたぞ。ミセス・ホーか。ミセス・ホー。午後のあの女の人がきっとミセス・ホーというのだ。

「そうか、ミセス・ホー」

私が指を鳴らすと、彼も嬉《うれ》しそうに相槌《あいづち》を打った。

「ハイー、ヤー」

この男の子は、今日の午後、私を見かけたと言いたかったのだ。

あんとき、ミセス・ホーにおこられたでしょ。

そう、おっかなかったね、ミセス・ホーは。

私が指で頭から角《つの》を出すと、そこにいる子供たちにも理解できたのかみんな笑った。

昼間、私は香港仔に初めてやって来た。それまで、タイガー・バーム・ガーデンも、ビクトリア・ピークも、レパルス・ベイも、およそ香港で観光名所となっているようなところにはどこにも行ってなかった。行きあたりばったりに歩く面白さを一度味わってしまうと、目的地を決め、予定を決めて動くのが億劫《おっくう》になってくる。しかし、せめて一カ所くらい行ってみてもいいのではないかと思い返し、水上生活者の多いといわれる香港仔を選んでみたのだ。

確かに、初めて見る眼には、無数の小船が湾を埋めつくすようにあり、その僅かの間隙《かんげき》を縫って物売りの船や渡し船が往きかうといった情景には強烈なものがある。しかし、それに眼を奪われているのも最初の五、六分くらいのもので、あとは特別の目的でもないかぎり、観光客は水上レストランで食事をするとすぐに帰ってしまうことになる。

私は湾の周りをぶらついた。小さな廟《びょう》があり、難民の集落らしきものもある。さらに歩いていくと、小ぢんまりとした学校があった。小学校のようだ。門の前で大勢の子供たちが遊んでいる。男の子は空手ゴッコ、女の子はゴム縄とび、その近くには文房具屋があって、そこにある駄菓子《だがし》を買い食いしている子供たちもいる。十時半頃だったが、彼らは下校の途中ではないようだった。そういえば、香港ではまだ二部制だと聞いたことがあった。彼らは午後の部が始まるのを待っていたのだ。

その日、私は珍らしくカメラを持って歩いていた。カメラを構えると、学校の前で遊んでいる子供たちは恥ずかしがって逃げてしまう。写真などはどうでもよく、それをきっかけにして話してみたかっただけなのだが、どうしても撮らせてくれない。しかし関心はあるらしく、遠巻きにしてこちらを見つめている。

私はカメラをしまい、ポケットから紙を取り出し、大きな動作で文字を書きつけた。するとそれまで遠巻きにしていた二、三十人の子供たちが、ワッと走り寄ってきて取り囲んだ。なんだなんだ、なんて書いたんだこの人は。ワイワイ、ガヤガヤ。ここはどこだってさ、とひとりが読み上げる。

「ホンコンチャイ！」

みんなで答えてくれる。こんどは子供たちがおまえはどこからきたと口々に言い、ひとりが紙に書きつける。日本。私が書くと、ニャンポンニャンだってさ、この人、という具合に囁《ささや》き合う。少し賢そうな少年がしゃしゃり出てきて、日本のどこだい、と書く。東京、と紙の上に記すと、ペンの動きを見つめていた子供たちが全員で合唱するように声を上げた。

「トンケイ！」

別のひとりが私の顔を見上げながら、

「セイメイ？」

と訊ねる。私が名前を書きつけると首をひねる。略字ではなく古い字を使うと、みんなで納得して声を揃《そろ》えた。

「チャンモク！」

どうやら私はチャンモクというらしい。

子供たちがわれもわれもと質問を書いていく。幾時来香港。幾時回日本。逗留処……。みんなで大騒ぎをしていると、学校の中から中年の婦人が出てきて、子供たちを鋭い声で叱った。二部目の始業のベルが鳴っていたらしい。子供たちは彼女の声を聞くと、文字通り蜘蛛《くも》の子を散らすように走り出し、それぞれの教室に向かって消えてしまった。その恐《こわ》い先生がきっとミセス・ホーだったのだ。

夜の香港仔でも、昼間と同じように筆談が始まった。子供たちはみんなこの異国人に興味を持ち、話は弾んだ。もちろん、紙の上での会話である。話が弾んだというのは妙な表現だが、私には喋《しゃべ》っている以上に生きいきと彼らの言葉が伝わってきた。彼らの顔には素朴《そぼく》な好奇心が溢《あふ》れていた。

中でも、頬《ほお》のふっくらとした、中国版ベティちゃんといった感じの七、八歳の少女が私に強い興味を持ち、いろいろ知りたがった。不意に姿が消えたかと思うと、右手を後に隠すようにして戻ってくる。そして恥ずかしそうに右手を突き出すと、

「スイクァ」

と言った。彼女の手には西瓜《すいか》が一切れあった。みんなが食べろ食べろと勧めるので、ひとりだけだったがありがたく御馳走《ごちそう》になることにした。

どれくらい遊んでいたろう。あまり遅くなってもいけないと思い、アドレスを交換して別れることにした。

私が紙に書いて渡すと、ベティちゃんは嬉しそうに胸のポケットにしまったが、自分の住所は書こうとしない。紙を渡してうながすと、陳美華、とだけ書いた。君の住所は？　私が訊《たず》ねても不思議そうに見つめ返してくるばかりなのだ。住所、住処、居処などと思いつくままに試みているうちに、やっと私の求めているものがわかったらしく、大きく頷いた。

そして彼女はどうしたか。

走り出したのだ。彼女は道が広い通りにぶつかる交差点まで走って行き、道路標識を見上げ、何かを書き取った。しかしまだその時になっても、私は彼女が何をしているのかわからなかった。

息をはずませて戻ってくると、ベティちゃんはニコニコしながら紙を差し出した。

そこには、こう書いてあった。

陳美華　湖南街

彼女たちは水上生活者だった。住所を持っているはずがなかったのだ。彼女の明るい笑顔に胸を衝《つ》かれた。

さあ、帰ろうかな。私は日本語で呟《つぶや》いて腰を上げた。

これからどうするのさ。子供たちが訊ねてきた。

この辺をもう少し散歩してから帰ろうと思う。手真似《てまね》で説明すると、ベティちゃんが顔を曇らせた。私の前に立ち、私の胸に人差し指で字を書いた。白いTシャツの上で細い指が動く。しかし、何という字なのかわからない。首をかしげると、もう一度彼女は指を動かした。

晩。

それはわかった。さらに一文字。

女。

ベティちゃんは、晩女、と書いたらしい。晩と女、あるいは晩の女。そして、そうなのか、というように私の顔を覗《のぞ》き込んでくる。もしかしたら、と私は思った。彼女たちは、私がこの辺をうろついて女でも探そうとしていると誤解しているのかもしれない。そういえば、気のせいかもしれないが、ベティちゃんの顔に、おまえもなのか、といった失望の色が浮かんでいるようにも見える。

そうか、わかった。そう思うのなら、真っすぐ宿に帰ろうね。散歩なんていつだってできるんだから。

近くの停留所からバスに乗り、

「グッドバイ」

と手を振ると、少年たちも少女たちも、ベティちゃんも、みんな大きく手を振った。

第三章　賽《さい》の踊り

マカオ

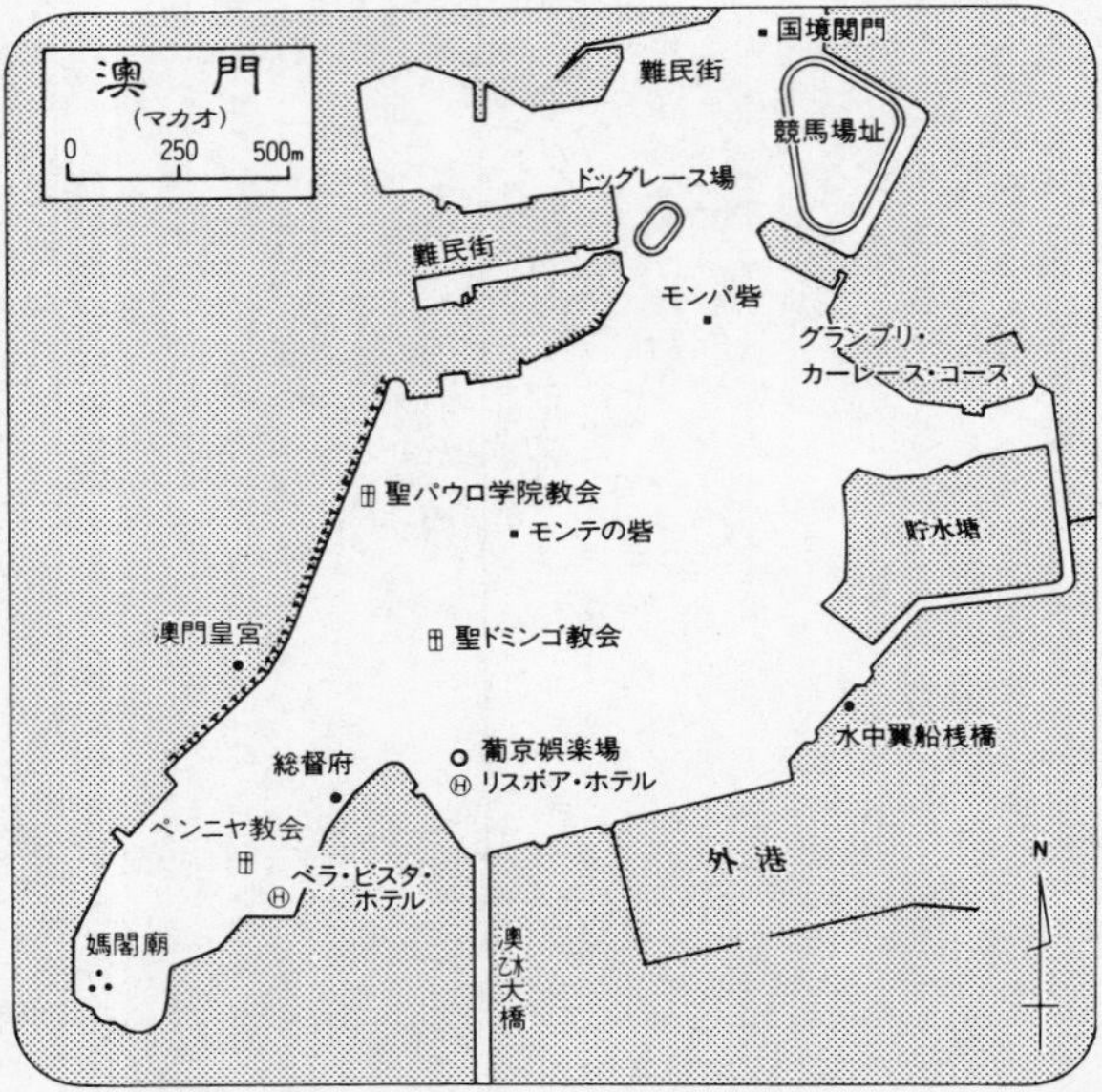
澳門
(マカオ)
0
250
500m
国境関門
難民街
競馬場址
ドッグレース場
難民街
モンパ砦
グランプリ・
カーレース・コース
聖パウロ学院教会
モンテの砦
貯水塘
澳門皇宮
聖ドミンゴ教会
水中翼船桟橋
総督府
葡京娯楽場
リスボア・ホテル
ペンニヤ教会
ベラ・ビスタ・
ホテル
外港
N
媽閣廟
澳氹大橋

1

海は青く透き通ってはいなかった。ブルーではなくグリーン。それも彌敦道の宝石屋の店頭に飾られている翡翠《ひすい》のような重く沈んだ緑色だった。そのとろりとした質感のある水の上を、水中翼船が小きざみに震えながら快調に滑っていく。海はさらに緑を濃くしていくが、やがて不意に褐色《かっしょく》の水に侵されはじめる。大陸の黄土を含んだ河の水が流れ込んでいるためなのだろう。たぶん陸が近づいてきたのだ。

香港を出てから一時間余り、辺り一面が泥《どろ》の海と化し切った時、船はマカオに着く。

マカオ、あるいは澳門。香港から連絡船で二時間半、水中翼船ならその半分でしかないが、その二つの都市は明らかに異なる国に属している。香港から船に乗る時は出国カードに記入しなければならず、マカオの桟橋《さんばし》に降り立てば入国カードを提出しなければならない。しかし同時に、その二つがどれほど密接に結びついているかは、入国の手続きをひとつするだけでわかってくる。栈橋で簡単に発給してくれる観光ビザは、二十五パタカであると共に二十五香港ドルでもあるのだ。つまり、マカオの通貨であるパタカは、香港のドルに連動し、ほとんど等価なのだ。マカオの市中では香港のドルがそのまま使用できるという。もっとも、両者は等価ではあっても対等ではなく、その力関係は香港ドルがマカオで流通しているのに対し、パタカが香港では使えないところにはっきり現われている。

入国手続きが終り、栈橋の前の広場に出ると、古ぼけた黒塗りのタクシーが二、三十台並んでいる。船から降りた客が次々と乗り込んでは、どこかへ走り去っていく。それを眺《なが》めながら、さて、と考えた。さて、どうしよう。

タクシーに乗る気は初めからなかった。金のこともあったが、それ以上にどこへ行ってよいかわからなかったのだ。どこへ行きます、と運転手に訊《たず》ねられても、どこへ行こう、と逆に訊《き》き返さなくてはならない。マカオに関しても、どこに何があるのか、私はまったく知識を持たないまま来てしまっていた。

日本人にとって、マカオはほとんど博奕《ばくち》の街でしかなくなっている。東洋のモンテカルロなどという情けない名をつけ、モンテカルロはもちろん、ラスベガスにも行けない博奕好きが、手軽にカジノの雰囲気《ふんいき》を味わうために訪れるのだ。

しかし、私がマカオへ向かったのは、博奕を打つためではなかった。別に大した理由もなく、マカオにでも行ってみようかなという気になったのだ。もしかしたら、香港の喧噪《けんそう》と熱気から離れ、少し息を抜きたかったのかもしれない。うろつき廻《まわ》り、なにかに遭遇し、昂揚《こうよう》した気分になる。そのことが思いがけないほど私を疲労させていたようなのだ。

私は黄金宮殿に荷物を残したまま、小さなバッグに身のまわりの物を詰め、ほんの一日か二日のつもりで香港を出た。

桟橋の前に、海岸線に沿って一本の道が走っている。問題は右か左のどちらを選べば街の中心に行けるかである。

私は左を選んだ。一キロか一キロ半くらい先に黄色い大きな建物が見えることと、走り去っていったタクシーの三台に二台は左に向かっていたことから判断したのだが、たぶん間違いはないだろうと思えた。旅に出てから、私のその種の勘はかなり鋭くなってきていたからだ。

陽《ひ》は高く、歩いているとアスファルトに反射した光が白く眩《まぶ》しく感じられる。人通りはまったくなく、ときおり、客を運び終って戻ってくるタクシーが走り抜けていく以外は音さえしない。

しばらく行くと、犬が二匹、交接したままの格好で歩いていた。それは滑稽《こっけい》にして哀れな姿だった。美しい毛並の黒い牡犬《おすいぬ》は小さく、薄汚れた白い牝犬《めすいぬ》は倍くらいの大きさがある。その小さな牡犬が、大きな牝犬におおいかぶさったまま、引きずられるようにして歩いている。挿入《そうにゅう》したのはいいが、なぜか離れなくなってしまったらしいのだ。

異物を体内に食わえ込んだまま、白い牝犬は勝手気儘《きまま》に歩いていく。そのたびに、黒い牡犬は金属質の悲鳴を上げた。引きずられ、後足だけで苦しそうに歩く。牝犬は、その悲鳴にはいっさい顧慮することなく、自分は行きたい方へ行くのだという意志を露《あら》わにして、平然と歩いていた。そこに学校帰りの少年が通りかかり、二匹の犬の不様な姿を見つけると、道傍《みちばた》に落ちている竹棹《たけざお》を拾い、近くに寄ってアスファルトを叩《たた》いた。ピーンという鋭い音が響き、驚いた牝犬が右往左往し、そのたびに牡犬もよろめき、苦痛に満ちた鳴き声を出した。

犬が脇道《わきみち》にそれていくと、少年もそのあとを追っていき、白い道はまた静かになった。自分のかすかな靴音《くつおと》以外には何も聞こえない。死んだような街。月並な形容だが、そうとでも言うより仕方がない。

ふと、ひとりの顔が浮かんできた。

私は大学で第二外国語にスペイン語を選択した。それによってセルバンテスを原語で読んでやろうとか、会社に入ってから役立てようとかいった真っ当な理由があったわけではなく、ドイツ語もフランス語もロシア語も中国語もやりたくなかったからという消極的なものでしかなかったが、自分でも意外なほどよく授業に出た。スペイン語の教師の話が面白かったのだ。

眼鏡をかけ、小太りで、せっかちな喋《しゃべ》り方をする。せっかちなのは、喋りたいことが溢《あふ》れるほどあるからなのだ、ということはしばらくするうちにわかってきた。彼は、九十分の授業時間のうち十五分ほど教科書を読むと、あとは必ず、その溢れんばかりにたまっている自身の話を始めた。

私が習ったスペイン語の教師は女子大から来ている非常勤講師であり、日欧交渉史とでもいうべき分野の研究者だった。とりわけ十六世紀から十七世紀にかけての南欧諸国との交渉が専門であるらしく、話はすぐにイエズス会や南蛮貿易にそれていき、いつの間にかスペインやポルトガルでの彼の研究生活の時代に飛んでいく。日本を訪れた宣教師が本国へ送った手紙などを集めてある古文書館で思いがけない一通を発見した時の感動といったものから、日本には新幹線といってマドリードとバルセロナの間を三、四時間で走る列車があると言うと嘘《うそ》つきと思われて相手にされなくなったというどうでもいいようなものまで、話は尽きることがなかった。

そのような話の中で、南欧の都市でもないのに頻繁《ひんぱん》に口をついて出てきた都市の名が三つある。ゴアとマラッカとマカオ。それらはいずれもポルトガルのアジア貿易の前進基地としての役割を果したところである。かつての栄光の時代はポルトガルの没落と共に去り、いまは歴史の化石のような所になってしまっている。彼が話してくれたその経緯は、ゴアの場合もマラッカの場合も面白かったが、とりわけ私にはマカオが印象的だった。

マカオは、日本への生糸《きいと》と日本からの銀で栄えた貿易基地だった。ところが、日本におけるキリスト教への圧力が強まるにつれて、日本との貿易が困難になっていく。東アジアにおけるイエズス会の伝道のための基地であり、マカオ市民の精神的な拠《よ》り所《どころ》であった聖パウロ学院教会は、マカオの衰退と運命を共にするかのように焼失し、前の壁を一枚だけ残してすべてが潰《つい》え去ったという。

その壁の前に立った時の感動を、小太りの中年のオッサンが息もつかずに喋りつづける姿は、なかなか悪くなかった。そのような熱い心を持っていなければ、どこかの国の宣教師が書いた五百年も前の手紙の翻訳に一生を賭《か》けなどしないだろう、と思わせるものが彼にはあった。もっとも、あまりにも愛しすぎたためか、スペイン語を習いたての私たちへの試験問題にまで、十六、七世紀の宣教師が書いた手紙を使いたがるのには閉口したが……。

私は無人の道を歩きながら、一度その聖パウロ学院教会の跡へ行ってみてもいいなと思った。しかし今は、とりあえず街の中心地を見つけなければならない。

大したことはないような気がしたが、黄色い建物までかなりの時間がかかった。着いてみると、そこはリスボアというホテルであり、裏手には葡京娯楽場と記された出入口があった。葡京娯楽場、つまりカジノ・リスボアというわけだ。いずれにしても私とは縁のなさそうなところだった。

リスボア・ホテルの前には、海岸通りと直角に一本の道が走っており、どうやらそれがメイン・ストリートであるらしい。

その道を三十メートルか四十メートルくらい行くと、広い通りと交差する。標識によれば、ルア・ダ・プライア・グランデ、プライア大通りとあり、漢字で南湾街と記されてあった。

メイン・ストリートらしき道をさらに真っすぐ行けば、マカオで最も繁華な一帯に出そうだということはわかっていたが、私は南湾街を左に折れてみた。道の向こうに小高い丘が見えたからだ。丘に登ってそう広くもなさそうなマカオを眺《なが》め渡してみたいと思った。

道は再び海に沿って走り、右手には緑の多い静かな住宅街が見えはじめる。丘に向かって坂道を登っていくと、美しい洋館が眼《め》に入ってくる。壁に淡いピンクや青や黄色、それに薄い草色などを用いた南欧風の家が到るところに建っているのだ。一瞬、東洋のはずれの半島から西洋のどこかの街に連れ去られてしまったのではないかと錯覚しそうになる。香港の雑居ビルと難民のバラックを見慣れた眼には、オトギバナシの世界に紛れ込んだような気さえする。振り返ると、坂道は海に向かって落下していくかのようだ。ポルトガルという国もこのようなところなのだろうか、坂道の多いと聞くリスボンという街も……。

洋館に魅《ひ》かれて坂を登ったり下ったりしているうちに、とりわけ古めかしい三階建ての家の前に出てきた。どうやら、それは普通の住宅ではなく、ホテルらしい。ベラ・ビスタ・ホテル。いかにも格式のありそうな雰囲気を漂わせている。私には無縁のホテルだ、と通り過ぎて、まてよ、と思った。別に、入ってみるだけのことに金を取ろうとは言わないだろうから、内部の造りだけでも見学していったらどうだろう。うまくすれば、ペニンシュラ・ホテルのように、タダでマカオの地図をくれるかもしれない。私は図々《ずうずう》しくホテルに入っていった。

内部は高い吹き抜けになっており、正面に古い絨緞《じゅうたん》を敷いた大きな階段がある。部屋は二階も三階も、吹き抜けの周りの回廊に面して並んでいるらしく、数もさほど多くはなさそうだった。もったいないくらいの空間の使い方をしている。だが、どういうわけか人気《ひとけ》がまったくない。恐る恐る階段をのぼり二階に上がってみると、やはり誰もいない。宿泊客はもちろん、従業員もいるのかどうかわからないほど静まり返っている。フロントと覚しきところのデスクの上に、御用の方はこれを鳴らしていただきたい、とベルが置いてある。このようなものを見ると、つい押してみたくなる悪い癖が私にはある。

リン、とひとつ鳴らすと、奥の部屋から、ポルトガル人と中国人との混血らしい、美しい歩き方をする女性が出てきた。

どんな御用ですかというように背筋の伸びた、知的な眼をした女性に顔を向けられ、タダの地図を下さいとは言い出しにくく、私は思わず、

「部屋はありますか」

と口走ってしまった。

「ええ」

彼女のその返事を聞く前に私はすでに激しく後悔していた。こんなに静かなのだ、部屋がないはずがない。あるといわれたら、何と言って断わればいいのだろう。私が泊まれそうもないホテルであることは瞭然だった。

「……いくらですか」

仕方なく私は訊ねた。

「五十パタカです。朝食つきで」

聞き間違いではないかと思った。五十パタカとは五十香港ドルということだ。朝食つきで三千円、などということがあるはずはない。あるいは一パタカは一香港ドルではないのだろうか。

「香港ドルでは……」

私が訊ねかけると、彼女はあっさり答えた。

「同じです。五十ドル」

内心その安さに信じられないような気がしていたが、ものは試しとさらに訊ねてみた。

「もう少し安くなりませんか？」

彼女はしばらく考え、わかったというように頷《うなず》いて言った。

「四十パタカでは？」

かりに五十パタカのままでも泊まるつもりになっていた。それが二千四百円と言うではないか。ゴールデン・パレスに比べればはるかに高いが、このようなホテルにしては破格の安さだ。香港では一セントを惜しんで暮らしてきたが、一日くらい豪勢にやっても許されるだろう。しかも、それも僅《わず》か二千四百円の豪勢さにすぎないのだ。

泊まると告げ、部屋に案内されて、また驚いた。値切ったりしたため妙な部屋に泊められるのではないかとちょっぴり心配していたが、それはまったくの杞憂《きゆう》だった。

部屋は広かった。大きなベッドが二つ並んでもまだゆったりとしており、バスルームもゴールデン・パレスの私の部屋くらいあるのではないかと思えるほど広い。何より気に入ったのは天井が高いことだった。普通の倍はある。ふと、自分はこんなに天井の高い部屋で寝起きしたことはあったろうか、と考えてしまうくらいなのだ。

幸せな気分になって、窓のブラインドを開けた。外の風景を見て、思わず声が出た。そこには海があったのだ。たとえその水が褐色であろうとも海は海だ。ゴールデン・パレスのように窓を開けるとすぐ眼の前にまた別の建物があり、昼間から電気をつけなければならないといった部屋に居つづけた身には、窓の向こうに海が広がっているというだけでたまらなく贅沢《ぜいたく》に感じられた。

よく見てみれば、部屋の調度は外観以上に古く、木の床も歩くとギシギシと音をたてたし、ベッドの下には特大のゴキブリが悠然《ゆうぜん》と歩いていたりしたが、私の幸せな気分は変わらなかった。ベッドの上で大の字になり、高い天井を眺めているうちに、眠気を催してきた。

2

眼が醒《さ》めた時は、すでに外の陽差《ひざ》しは弱くなっていた。夜になる前に、もう少し街を歩いておきたい。フロントでまたベルを押し、出てきた中国人の男性に訊ねると、やはりリスボア・ホテルの前の通りがマカオの中心であり、新馬路というのだと教えてくれた。

だが、南湾街から新馬路に入り、ぶらぶら歩いていっても、いっこうに繁華街らしくなっていかない。商店は並んでいるのだが、人の往来が少ないのだ。

本屋があったので覗《のぞ》いてみた。香港と同じく、ここでも毛沢東の著作を中心に中国共産党の文献が氾濫《はんらん》している。その本屋で、親父《おやじ》に地図はないかと訊ねると、『澳門《マカオ》詳図』という、小型の折りたたみ式のものを出してきてくれた。裏面にポルトガル語と中国語の両方で通りの名が記されているのが面白く、私はそれを買うことにした。

表の地図の下には「澳門遊覧指導索引」という大仰《おおぎょう》なものがついており、官公庁、名所旧蹟《きゅうせき》、寺院学校、ホテルや碼頭などの名が、地図の中に書き込まれた番号と照応するかたちで記されている。私は聖パウロ学院教会に行ってみたくなり、索引の中にその名を求めたが、どうしても見つからない。

一行一行ゆっくり眺めていって、ようやく探し出すことができた。大三巴牌坊、それが聖パウロ学院教会の華字名だった。これではわからなくても仕方がない。私はその大三巴牌坊があるという大三巴街に向かった。地図にある庇山耶街や草堆街を行ったり来たりしているうちに、大階段の下に出た。階段の上には、確かに寺院が建っていた。下から見上げると、それが一枚の壁だけであるとは信じにくい。しかし、窓の向こうには空があるだけなのだ。

ゆっくりと階段を登っていく。くすんだ壁には彫刻がほどこされているが、下からではよくわからない。登り切ると、本来は内部に入るためのものだったろう門が、空虚に口を開けている。そして、それは子供たちの格好の遊び場となっていた。

オニがひとり。オニは逃げた子供たちを見つけに行き、見つけると大きな声で名を呼び、急いで壁まで戻ってくる。見つけられた子供は壁につながれるが、オニが探しに行った隙《すき》に、他の子供が壁に走り寄り、何やら呪文《じゅもん》を唱えると、解放される。日本の缶蹴《かんけ》りとよく似た遊びだった。ただ、缶のかわりに壁が使われているのが違っている。マカオの栄光の時代の遺物である聖パウロ学院教会の奇跡の前壁も、いまはこのような役目を果すよりほかなくなっているのかと思うと、わがスペイン語の教師のオッサンならずとも、心が波立ってこざるをえない。

陽は大陸の方へ傾いていく。

私は昼間の陽光を吸って暖かくなっている石の階段に腰を下した。その脇《わき》を、夕食のためのものだろうか、二、三合の米の入ったビニール袋を手にした中年女が通り抜けて行く。聖パウロ学院教会は、子供たちの遊び場であると同時に、便利な抜け道にもなっているようだった。

やがて陽が沈み、西の空が朱色に染まりはじめる頃《ころ》、私も腰を上げた。

地図で確かめもせず、行きあたりばったりに歩き、気に入った角《かど》をいくつか曲がっているうちに、再び海岸に出た。そこには何隻《なんせき》もの船が埠頭《ふとう》につながれていたが、中でも眼を奪われたのは、香港仔の水上レストランに似た、極彩色の中国船だった。

近寄ってみると、看板に澳門皇宮とあり、西式博彩場とも記されている。どうやらここもカジノのひとつらしい。しかし、リスボア・ホテルに比べると、いかにも場末の博奕場といった野暮ったさと凶々しさがあり、それがかえって東洋的な雰囲気をかもし出していた。

私は入口附近でしばらく眺めていたが、客がポツポツ現われては中に吸い込まれていくのにつられ、ついふらふらと入っていってしまった。

意外だったのはその客層である。いかにも観光客とわかるような人ばかりでなく、港で仕事をした帰りに立ち寄ったという感じの日焼けした顔の男や買物の途中の主婦などがけっこういるのだ。土地の住人らしい老人が一パタカの硬貨を握って入っていく姿も見かけた。マカオのカジノは、少なくともこの澳門皇宮のカジノは、観光客だけのためではなく、マカオの庶民の娯楽のためにも存在しているようだった。

階上の博奕場に足を踏み入れると、複雑な響きをもったざわめきが聞こえてくる。客はさほど多くはないが、煙草《たばこ》のけむりにかすんでいる場内には独特の熱っぽさがこもっている。

ゲームにはさまざまな種類があった。ルーレットやブラック・ジャックは知っていたが、見たことも聞いたこともないような博奕もあった。

テーブルの上に碁石によく似た白い小さな石がばらまかれている。ディーラーは細長い竹の棒でそれを中央に集めると、その一部分に碗《わん》をかぶせ、伏せたまま脇にずらす。すると客は一斉《いっせい》に賭けはじめるのだ。

最初はまったく理解できなかった。だが、何回か繰り返し見ているうちに、それが端数《はすう》を当てるゲームだということがわかってきた。客が賭け終ると、ディーラーは碗を開け、小山となった白石を竹の棒で四個ずつ取り出していく。そのようにして四個ずつにされた白石の列が、一列、二列と綺麗《きれい》に並べられていく。そして、賭の対象となっているのは最後にいくつ残るかということなのだ。

四個ずつ取り除いていけば、最後に残るのは一個か二個か三個か四個のいずれかである。これを当てるのだ。碗をかぶせる白石の数は百個近いが、このゲームに熟達した客には、ディーラーが四個ずつ取り除くために小山を薄く伸ばした瞬間に端数がわかるらしく、溜息《ためいき》が洩《も》れる。

この、マカオに特有のゲームは番攤、ファンタンという。後で見ていた中国人の男性に訊《たず》ねたら、そう教えてくれた。

人だかりの中に首を突っ込み、しばらく見ては別の場に移る。そのようなことを繰り返しているうちに、私が最後に足をとめたのが大小、タイスウだった。

大小はサイコロによる丁半博奕の一種である。違うのは賽《さい》の数が二個ではなく、三個だということだ。ゲームの基本は、賽の目の大小を当てることにある。三個の賽の目の合計数は最小三、最大十八である。その両端を除き、四から十七までを二分し、十までを小とし、十一以上を大として賭けるのだ。

賭け方には、この大、小、以外にもいくつかあり、たとえば、賽の目の一つを当てるもの、二つを当てるもの、三つのすべてを当てるものなどがあり、あるいは合計数をピタリと当てるというものもある。当たった場合の倍率はその難易度によって異なり、大小の二倍からすべての目を当てる百五十倍まで、さまざまである。

テーブルの上にミキサーのようなガラスの円い筒が置いてあり、その中に三つのサイコロが入っている。ディーラーは、まず、そのガラスの筒に黒いふたをかぶせる。次に止め金をかけ、ツマミを三回プッシュすると、サイコロがのっている台が上下し、サイコロがはねまわっているらしいカランカランという気持のよい音がする。やがて静かになり、「請客投注」のランプがつくと、客が思い思いの目に賭けはじめる。

ミキサーに似た器械の脇に二つの張り台があり、多様な組み合わせの賽の目が図示されている。それを取り囲むように、両端に大小の文字、下方に四から十七までの数字が書き込まれている。

ディーラーは客が充分に賭けたと思うとブザーを鳴らす。賭ケ方ヤメイ、というわけだ。止め金をはずし、ふたを開ける。賽の目を見て、ディーラーが素早くスイッチを入れると、張り台の当たっているところに灯《あか》りがつく。たとえば、「一・四・六」「十一」「大」という具合である。つまり、灯りがついていないところに賭けた人はすべて負けということなのだ。賭けられた金はすべて取り除かれ、灯りのついたところにのっている金に対して、倍率通りの金が支払われる。ディーラーは出目の表示板に大か小かのマークを付け加え、ひとつの勝負がそれで終る。客はそこに並んだ「小大小小大小大大大」などというマークを見ながら、次はどちらが出るかと勘を働かせるのだ。

テーブルの周りに集まっている人だかりからすれば、この大小がマカオのカジノで最も人気のある博奕と言えそうだった。

私も大小に魅きつけられた。

ゲームはディーラーの三回のプッシュによって開始されるが、なによりもその音が刺激的だった。大型カメラのシャッターのように、カシャ、カシャ、カシャ、とプッシュされると、筒の中をサイコロが軽やかにはねまわる音が聞こえてくる。それに、この大小だけはほとんどカジノのチップが使われず、張り台の上には現金が乱れ飛ぶというのも、いかにも博奕らしい風情《ふぜい》があってよかった。買物籠《かご》を下げたオカミサンが、何回も「見《けん》」を続けたあげく、意を決したように五パタカ硬貨を張り台の上にのせ、負けるとその一回だけで帰っていく。大小はそれほどに庶民的な博奕のようだった。

私は大小を飽きずに眺めつづけた。

突然、少し離れたところでどよめきが起きた。見にいくとそこも大小のテーブルだった。人垣《ひとがき》の後から張り台を覗き込み、出目の表示板を見てそのどよめきの理由がわかった。「小大小大小小小小小小小小」ときて、今度もまた小が続いたからなのだ。これで小が十回続けて出たことになる。声を上げたくなるのも無理はなかった。

ディーラーが新たに台をプッシュし、「請客投注」のランプがつくと、客は一斉に賭《か》けはじめた。まず大の上に小額の札が競うように並べられ、しかしそれに劣らず小の上にもかなりの金が賭けられた。

どっちだろう、と私も考えた。十回も続けばさすがにもう小は出てこないかもしれない。常識的には大だろう。しかし、いくら十回続いたからといっても、この一回に限ってみれば、大と小が出る確率は五分五分なのだ。むしろ、小に賭ける方が博奕の本道のような気もする。さて、大か小か……。

私は自分が賭けるつもりになっていることにびっくりした。私はこのマカオで、博奕をしようという気持をまったく抱いていなかったはずだからだ。

元来博奕には興味がなかった。競馬、競輪、競艇はおろか、花札、カード、麻雀《マージャン》もやらない。賭け事とも言えないが、好きでやるのはたまのパチンコくらいである。丁か半かの博奕的な生き方には強い憧《あこが》れを持ちつづけてきたが、博奕そのものへは関心が向かなかった。

だが、十回連続の小という出目表を見て心が動いた。ジーンズの尻《しり》ポケットを探ると五香港ドルの硬貨が手に触れた。賭の締切りを告げるブザーが鳴りかかった時、私は反射的にその硬貨を小の上に置いていた。

ディーラーが筒の止め金をはずし、ふたをはずした。息を呑《の》んで見守っていた客は、点灯された目を見て再びどよめいた。

一・一・四の小。

十一回目の小だった。私の五ドルは十ドルになって戻ってきた。

ディーラーがプッシュし、新たな勝負が始まった。客が一段と興奮してきたのがよくわかる。それは前回をはるかに上廻った賭け金の量からも察することができた。私は儲《もう》けた五ドルをまた小の上に置いた。

ブザーが鳴り、ふたが取られる。

三・三・三の小。

また勝った、と思ったが、張り台の小のところに灯りがつかない。奇妙に思っているうちに、小に賭けられた金も大に賭けられた金も、ディーラーの手によって回収されてしまった。それは私が知らなかっただけで、大小には、三個の賽の目が同じになったら、つまりゾロ目が出たら大小いずれも親の総取りになる、というルールがあったからなのだ。

ゾロ目が出たことで、過熱していたその場の空気が一瞬にして冷めた。人垣が崩れ、大金をすってしまったらしい人や他のテーブルに移るらしい人がその場を離れていく。

面白いな、と私は思った。

ディーラーがプッシュし、サイコロのはねまわる音が響くと、緩んでいた空気が再び引き締まった。

大小どちらだろう。小が十一回続き、ゾロ目が出て、それを断ち切った。私は今度は素直に大に賭けた。

三・四・六の大。

再び十ドルになって戻ってきた金を、次の勝負でそのまま大に置いた。ディーラーがふたを開け、出た目が点灯されるほんの一秒くらいの間に、私はこの十ドルが二十ドルになり、すぐにも千ドル、二千ドルになるような幻影を抱いたが、そうはうまくいかなかった。

一・一・五の小。

これで元金の五ドルをようやくすったことになる。五ドルで充分遊ばせてもらったのだからそろそろ切り上げて帰ろう。そうは思うのだが、意志とは反対に体が言うことをきかない。推理し、賭け、結果を待つ。そんな単純なことがこれほど面白いとは思ってもいなかった。灯りがつく瞬間のゾクッとするような快感が、これ以上やると博奕の魔力に搦《から》め取られてしまうかもしれないという危惧《きぐ》を抑え込んでしまった。

カラン、カランとサイコロのはねまわる音が聞こえてきた。私はポケットから十ドル札を引き出し、大に賭けた。

三・三・四の小。

小額の硬貨や紙幣はもうなかった。私はためらわず百香港ドルをパタカに両替して小さくくずし、それを元にして本格的に賭けはじめた。大に賭けたり、小に賭けたり、勝ったり、負けたりしているうちに、百パタカは一時間もしないうちに綺麗になくなってしまった。

私は胸のパスポート入れの中から金を抜き出すためにトイレに行った。これだけあれ抜き出した米ドルの五十ドル札は両替所で二百五十パタカになった。これだけあれば一勝負できるかもしれない、と私は思った。マカオで博奕をするつもりのなかったはずの私が、一勝負、などと考えるようになったのは、香港ドルとはいえ百ドルを失なっていくらか熱くなっていたこともあるが、それ以上に、ベラ・ビスタという洒落《しゃれ》たホテルに宿をとれたことで、今日は特別なのだ、今日くらいは贅沢《ぜいたく》をしてもいいだろうという気分が生じていたことにもよる。そしてもうひとつ、私は博奕というものをいささか甘く見すぎているところがあったのかもしれない。少し頭を働かせれば多少の損はすぐにでも取り返せるようなつもりになっていた。

しかし、二十パタカずつ慎重に賭けたつもりだったが、二百パタカがなくなるのに大して時間はかからなかった。残りが五十パタカになってしまった時、しばらく賭けずに見てみようと思った。

いわゆる「見」を続けているうちに、大小というゲームの構造がぼんやりとだがつかめてきた。

ディーラーは大でも小でも、ある程度まで自分の望んだ目を出せそうだ。よく観察していると、その卓に大金を持って加わってきた客は、いつの間にか負けて撤退していく。例外はあるが、百ドルしか持っていない客が二百ドルになったといって喜んでやめていくことはあっても、一万ドルを二万ドルにして帰る客はほとんどいない。ということは、ディーラーが、巧妙にその種の客に立ち向かい、ここぞという時に彼らの裏をかいているのではないだろうか。さらに言えば、ディーラーが「ここぞ」と思った瞬間がわかりさえすれば、狙《ねら》い打たれた客の逆をいけば勝てることになる。

私はもう五十ドルをパタカに替え、大金を賭けていそうな客がいる大小の卓を探した。すると、いかにも香港のナイトクラブから連れてきたといった感じの派手な化粧をした女を脇にはべらせ、声高に喋《しゃべ》りながら賭けている男がいた。着心地のよさそうな麻のスーツを身につけ、テーブルの上には四つ折りにされた高額紙幣が堆《うずたか》く積まれている。私はその卓に目星をつけた。

その男はツキまくっているようだった。大金を賭け、それに倍する金が戻ってくる。一般に、客は大勝すると儲《もう》けた額の一割くらいをチップとしてディーラーにやることになっているが、彼はそのようなマナーをいっさい無視し、すべてを自分の手元に残してしまう。神経質そうなディーラーが業《ごう》を煮やし、金を数えて渡す折にチップの分を抜き取ろうとすると、男は大声で怒鳴って取り戻してしまう。そして、いかにも小《こ》馬鹿《ばか》にしたように十ドル札を投げつける。ディーラーも憤然として投げ返し、その卓はいやが上にも興奮が高まっていく。

ディーラーの眼《め》には激しい侮蔑《ぶべつ》と憤怒が宿っているが、どうしても男のツキにかなわない。あるいは、この男は博奕のプロで、そのようにディーラーを昂《たか》ぶらせ、出目のコントロールの勘を鈍らせているのではないか、と思えるほどだった。賭け方も、無造作に大金を投げ出しているように見えて、彼なりの一貫した方法を持っていた。それは、大小と合計数当ての二つを巧みに組み合わせるという、単純だが堅実な方法だった。

大小は倍率が二倍だが、三つのサイコロの目の合計を当てるのはその出にくさによって倍率が異なる。たとえば十と十一は六つのパターンがあるので七倍だが、四と十七はそれぞれ「一・一・二」と「五・六・六」という組み合わせしかないので五十倍がつくといった具合だ。

男は、大に千ドルを賭けると、保険の意味でか九と八に百ドルずつ賭ける。あるいは、よほど自信がある時は、大に千ドル、さらに十五、十六、十七に百ドルずつなどという賭け方をしていた。そして、その判断はかなり適確だった。

途中でディーラーが交替した。新しくきたディーラーは小太りの、冴《さ》えない印象の中年の男だった。持ち場につくと、ディーラーは一度だけ男を見てからツマミに親指をかけた。

それが男の運の切れ目だった。ディーラーがプッシュし、男が賭ける。しかし、見ていても気の毒なくらいはずれてしまう。男が何事か大声で喚《わめ》いても、ディーラーはほとんど取り合わず、無表情に押しつづける。男の眼の前に山のように積まれた高額紙幣がみるみる減っていった。

男の口数が少なくなり、張り方に変化が起きてきた。賭の力点が大小から合計数を当てるものへと移っていった。当たれば大きいがそうたびたび当たるものでもない。ひとたび勘が狂い出すと、男をあざ笑うかのように出目がそれていく。そうなると、ディーラーの冴えない無表情さが、かえって凄味《すごみ》を感じさせるようになる。

私は、男が焦《あせ》り、乾坤一擲《けんこんいってき》の大勝負に出るのを待った。

男の隣で坐《すわ》っている派手な化粧の女は、人の金という気安さからか、特に勝とうというつもりもないらしく、ふわふわと面白半分に賭けていた。

ディーラーがプッシュし、女が減ってしまった紙幣の山からまた一枚つかみ、どこかへ賭けようとした時、男がその手を押さえた。そして、心を落ち着かせるようにその回を張らずに見送ると、次の回には女の握った一枚までも抜き取り、すべてをかき集めて小に賭けた。

絶好の機会が訪れた、と私は判断した。彼はこれで息の音を止められる。どうあがいてもディーラーに裏をかかれているはずなのだ。私は彼と反対の大に三百パタカのすべてを賭けた。これで以前の負けは取り返せる。そうしたら、そろそろ切り上げてもよい。

ディーラーが止め金をはずした。黒いふたを開け、張り台の灯りにスイッチを入れた。

一・一・二の小。

私は自分の眼を疑った。小？　そんなことがあるのだろうか。だが、灯りは小についており、大の上にのせた私の金はディーラーの手でかき集められてしまっている。頭に血が昇ってくるのがわかった。

男は息を吹き返し、倍に増えた紙幣を前にして、大声を出しはじめた。どうしてだろう。私はどこをどう間違えてしまったのだろう。考えているうちに、自分がいつの間にか百ドルを賭けてしまっていたことに気がつき愕然《がくぜん》とした。百ドルといえば、香港で要した半月分の費用に相当する。しかし、愕然とはしたがもうこれでやめようという気にはならなかった。

〈どうしても取り返すのだ……〉

ぼんやり立ちつくしてその場を眺《なが》めていると、男の大勝もローソクの消える直前のひとさかりの炎のようなものだったらしく、再び紙幣の山が築かれることもなく、敗北の坂をゆっくり転げ落ちていった。だが、彼がどうなろうと、私が自分の考えついた方法で賭け、負けたという事実に変わりはなかった。取り返すにも、どのような方針で賭けたらいいのかわからなくなってしまった。

3

頭を冷やすつもりで外に出た。その時、マカオのカジノがここだけではなかったことに気がついた。リスボア・ホテルの黄色い大きな建物の裏手に、葡京娯楽場というカジノの入口があったのを思い出したのだ。私はツキのない澳門皇宮を諦《あきら》めて、葡京娯楽場へ行ってみることにした。

葡京娯楽場、カジノ・リスボアは、船上カジノに比べるとはるかに近代的で、西洋風の内装をしていた。広い円形のホールにいくつもの卓があり、そこに客が群らがっていた。

とりわけ華やかに感じられるのは、ディーラーが女性だということだ。別にみなが みな若くて美しいわけではないが、やはり卓の空気はディーラーが男の場合とは微妙に異なる動き方をするようだった。

私は丹念に大小の卓を見て廻《まわ》り、その中のあまり混《こ》んでいないひとつで足をとめ、出目の推移を観察した。極端な目の出方もしていなければ、場を乱すような大張りをしている客もいない。私はそこで勝負をすることに決め、百ドルを両替所でパタカに替えた。

五百パタカ。この五百パタカで失なった五百パタカを取り戻す。それは格別虫のいい話でもないだろうと思えた。

私は気を引き締め、勘を研ぎ澄まし、まず五十パタカを小に賭けた。すると、あっけないくらい簡単に小が出た。次に、百パタカを大に賭けた。しかし、小。今度は、二百パタカを大に賭けた。出た目は大。これで六百五十パタカになった。私は自分の戦略が間違っていないことに気をよくしていた。私はすべての負けを一気に取り戻すつもりで、四百パタカを小に賭けた。だが、結果は大。残りが二百五十パタカになってしまった。戦略からいけば、さらにドルを替えて、八百パタカにして賭け増さなくてはならないのだが、少し弱気になり、残った金で再び五十パタカから賭け直すことにした。しかし、弱気は決断を鈍くさせ、迷いに迷って賭けたものがことごとくはずれ、残った二百五十パタカもあらかた失なってしまった。

〈これで二百ドルか……〉

百ドルまでなら高い授業料だったと笑ってすますことも不可能ではなかったが、二百ドルともなるとさすがに慌《あわ》てざるをえなくなった。日本から持ってきた金は、トラベラーズ・チェックと若干の現金を合わせても、二千ドルに満たなかった。そのうちの二百ドルなのだ。これから先の旅に影響を与えないはずはない。ロンドンを目前にして、金がないため行かれない、などということにでもなったら最悪だ。たとえどれほど手間がかかろうと、必ず挽回《ばんかい》しなくてはならない。

長期戦を覚悟したとたん、ひどい空腹を覚えた。そういえば、朝から何も食べていなかった。

リスボア・ホテルの中にもレストランはあったが、気分転換のために外で食べることにした。新馬路から南湾街に入ると、すぐにしっとりとしたたたずまいのポルトガル料理屋が見つかった。

戦闘を再開する前にしっかり腹ごしらえをしていくつもりだったが、中に入ると二階に案内してくれたウェイターのひとりにあらかじめ言い渡された。もう時間が遅いので出せるものは「今日のスープ」と「ステーキ」くらいだが、それでも構わないか。時計を見ると、意外なことに九時をとうに過ぎていた。ほんの一、二時間のつもりだったが、四時間近くも大小に熱中していたことになる。私はその日のスープである野菜スープとステーキをもらい、簡単に夕食をすませるつもりになった。

二階には誰も客がいなかった。

広いレストランで、自分の飲むスープの音を聞きながらたったひとりでとる食事はわびしいものだった。早く帰りたい一心のウェイターは、食べ終るか終らないうちに食器をさげ、次の料理を持ってきてしまう。

慌《あわ》ただしくコーヒーを飲んでいると、それまで姿を見せなかった別のウェイターが、奥から出てきて話し掛けてきた。

「ギャンブル、ですか」

たどたどしいが、はっきりわかる日本語だった。

「いや……」

曖昧《あいまい》な返事をすると、ウェイターはそれを否定の言葉と受け取ったらしく、笑いながら言った。

「ギャンブル、やらないがいいよ」

この博奕の街で、博奕で成立っているような街で、ギャンブルはしない方がいいと言うのに興味を覚えて訊《たず》ね返した。

「どうして？」

「負けるから」

確かにその通りだ。現に私も二百ドルを失なっている。カジノと勝負をすれば、長期的には必ず負ける仕組みになっている。しかし、瞬間的には客が大勝していることもなくはない。問題はどこで見切るかということだ。

「君はやらないの」

私が訊ねると、含み笑いをして答えた。

「やるよ」

「それで、いつも負けるわけ？」

「勝つよ」

「いつも？」

「いつもやらない。少しお金ほしい時、少しやるだけ」

「それで、そういう時は必ず勝つの」

「必ず勝つね」

「それじゃあ、大金持ちになれるじゃないか」

ウェイターはまた含み笑いをして首を振った。

「絶対勝てるの、一日何回ね」

「間違いなく勝てる時が、一日に何回かはあるということ?」

「そうね」

「大小にも?」

「大小は勝てる時、わかるよ」

「どういう時?」

私は畳みかけるように質問して、そのあつかましさにいささか恥入りたくなった。もし本当なら、そのような大事なことを見ず知らずの人間に話せるはずもない。それでも彼は何かを説明しかけたが、すぐに口ごもってしまった。

「それは……難かしいね」

ウェイターのその言葉は、その時を見出すのが難かしいとも、その時がどういう時なのかを日本語で表現するのが難かしいと言っているとも、受け取れなくはなかった。

「ギャンブル、やらないがいいね」

ウェイターがまた言った。それは、いつも勝つと言っているにもかかわらず、自分自身に向けての言葉のように感じられた。

「サンキュー」

コーヒーも飲み終り、私は忠告ありがとうというつもりでそう言いながら立ち上がろうとすると、ウェイターは押しとどめるように肩に手を置いた。そして、眼を覗《のぞ》き込むようにして訊ねてきた。

「日本は、東京か」

私は頷《うなず》いた。

「日本に、いつ帰る」

「さあ……」

いつになるかわからなかった。しかし、なぜそんなことを知りたがるのだろう。

「どうして？」

私が訊ねると、お母さんとか群馬県とか会いたいとかいったことを口走っていたが、言葉ではうまく表現できないらしく、紙のナプキンにボールペンで文字を書きはじめた。

僕の母さんは
三才で日本へ帰える
それから僕を
日本語よくわからないね

そして、さらにこう書き加えた。

日本國群馬縣澁川金井

ゆっくり話を聞いていくと、どうやら彼が三歳の時に日本人の母親と生き別れてしまったが、どうにかして連絡を取りたいということのようだった。

私にしてもいつ日本に帰れるかわかったものではなかったが、彼の必死さに打たれ引き受けてあげようかなという気になった。なぜ母親が三歳の彼を置いて日本に帰ってしまったのか、いまもなお健在なのか、彼の父親はどうしているのか、わからないことはいくらもあったし、かりにうまく連絡がついたとしても母親は困惑するばかりではないか、という懸念《けねん》もなくはなかった。それに、金井という土地も、番地なしでは人探しはできないほど広いかもしれないのだ。しかし、多少の面倒はあっても、香港で旅の偶然の恩恵ばかりこうむってきた私には、旅の偶然にひとつくらいは応《こた》える義務があるように思えた。

「お母さんの名前は？」

何気なく訊ねると、彼は暗い顔つきになって首を振った。

「お母さんの名前を知らない？」

彼は視線を落とした。それでは絶望だ。名前もわからぬ女性をひとつの町か村から探し出す、などというのはおよそ個人の力でなしえることではない。今度は私が首を振る番だった。

私は席を立ち、別れを告げた。ウェイターも意外なほどさっぱりとさようならを言った。

カジノ・リスボアに戻りながら、彼がどうして私にあのような話を切り出してきたのか思いをめぐらした。

話に嘘《うそ》があるとは思えなかった。だが、名前もわからず人を探すことがどれほど困難か彼にも理解できないはずはない。金井という町か村に住んでいる人でもないかぎり見当もつかない。いや、住んでいたところで、あれだけの話でわかる人はほとんどいないだろう。彼はあの話をすることで何を求めていたのだろう。あるいは、彼は母親に連絡を取ることなど初めから望んでいなかったのかもしれない。日本に母親がいる。そのことが、死んだような街のマカオに生きなくてはならない彼にとっては、ひとつの救いなのではあるまいか。日本人と見るとその話を切り出し、希望が存在することを確認する……。私は彼の母親のことは忘れることにした。

リスボアの客は十時を過ぎてもいっこうに減っていなかった。私は百ドルを三たび両替して戦線に復帰した。

十パタカずつ細かく張った。減りはしなかったが増えもしなかった。頭のどこかに、レストランのウェイターの、一日に何回かは必ず勝てる時がある、という言葉が引っ掛かっていた。ということは、ある回に限って出目が読めるということを意味するのだろうか。もしそうだとすれば、どんな場合にどんな目が読めるというのだろう……。

少しずつ金が減りはじめた。この金がなくなるまでにどうしてもその「場合」を見つけなくてはならない。しかし、二十回、三十回と注意深く観察してもわからない。そうさ、たった一日やっただけでわかるはずがないさ、と諦めかかった時、天啓のようにひらめくものがあった。

その回は、私は小に賭《か》けていた。灯《あか》りがつくと、出目は三・三・三。九の小だが、ゾロ目のため大小いずれも親の総取りとなった。ひらめいたのはその瞬間である。この回に限って、「請客投注」の灯りがついてから賭をやめさせるブザーが鳴るまでの時間が少し長いような気がしていた。それが気のせいではないことがわかったのだ。ゾロ目が出るに到る目は「大大大大大小小小小小小」という具合に推移した。大が続いた辺りから場は盛り上がり、小が連続しはじめてさらに賭け金は増えた。そして、この回、小にも大にも賭け金が殺到した。ディーラーはそれをことさらあおるように長い時間をかけて客に張らせた。その結果がゾロ目で親の総取りである。大小の勝負のアヤはこのゾロ目にあるのだ。そうだ、そうに違いない。私は思わず声を出しそうになった。

大小におけるゾロ目は、ルーレットでいえば0や00に相当する。象牙《ぞうげ》の球が0や00のポケットに落ちれば、赤黒どちらに張っていても親に取られてしまう。大小のゾロ目もそれとまったく同じで、合計数がいくつであっても大小に賭けられた金はディーラーに没収されてしまう。

かりにゾロ目の大小は親の総取りというルールがなかったとしたら、大小に二倍をつけている以上、論理的にはカジノ側が儲《もう》ける方法はないということになる。たとえば、大と小との賭け金が常に同じ場合には、金は客同士の間を往き来するだけで、カジノには一銭も入ってこない。ゾロ目のルールがあることではじめてカジノ側は儲けられるのだ。

もちろん、ゾロ目は親の総取りとはいっても、それはあくまでも大と小に賭けられたものに対してであり、合計数や目を当てたものについては、決められた倍率によって金が払われる。

ゾロ目の目を当てるものには、一・一・一というように目をぴたりと当てる百五十倍のものもあれば、六つのパターンのどれかが出ればいいという二十四倍の「ゾロ目」という当て方のものもある。

もしその倍率が、目の出る確率に等しいとすれば、一・一・一は百五十回に一回しか出てこないだろうし、ゾロ目一般は二十四、五回に一回しか出てこないはずだ。ところが、実際にゾロ目の出る頻度《ひんど》はそれよりかなり多く、十五回から二十回に一回は出てくる。恐らく、確率以上に出るというところが最大のポイントなのだ。

私がカジノ側の人間だとすれば、そのゾロ目を最も有効に利用したいと考えるだろう。ゾロ目が出る時に大と小に多く賭けられていればいるほど、カジノにとってはありがたい。逆に言えば、大と小に多く賭けられている時、確実にゾロ目を出せれば苦もなく儲けられることになる。そうだとすれば、カジノ側が出せるように工夫しないはずがない。ディーラーはゾロ目を思うところで出せるのだ。場の雰囲気《ふんいき》を煽《あお》り、客を興奮させ、大と小に賭け金が集中するようにして、ゾロ目を出す。

私はこの推理に誤まりがあるとは思えなかった。それを客の側から考えれば、ディーラーが意図的に場を盛り上げ、客にできるだけ賭けさせようという素振りが見えた時は、ゾロ目を出すつもりかもしれないと疑ってかかることが必要になる。いや、疑うばかりでなく、さらに一歩進めて、そのタイミングを見破りゾロ目に賭けることができれば、一挙に二十四倍の金を手に入れられるのだ。

夜も更《ふ》け、客はしだいに減っていく。私は今度はとりわけ客が多くいる卓を探した。すると、望み通りの、客が二重三重に取り囲んだ、熱気に溢《あふ》れる卓が見つかった。

その卓の空気が盛り上がっているのは、ひとえにディーラーの場のさばき方の巧みさによっていた。決して若くはないが、きりりとしたアクセントの強い化粧をした女ディーラーが、艶《つや》やかに笑いながら客と言葉をかわしつつゲームを進めていく。卓の前に坐《すわ》っているのは比較的大きな金を賭けている客だ。その中のひとりが煙草《たばこ》を切らす。ディーラーは、すぐに見廻りの男に持ってこさせ、鮮やかな手つきでマルボロを一箱投げる。それが無料なのを知って、周りで一パタカ硬貨をチビチビと賭けている客がこちらにもと声を掛ける。他の卓では相手にされるはずはないが、その女ディーラーは気前よくポンポン放《ほう》り投げる。たかが煙草一箱にすぎないが、そのようなひとつひとつが客の気持を日常的な感覚から引き離し、十パタカの客は二十パタカに、百パタカの客は二百パタカにと賭け金を大きくさせ、場の雰囲気を熱くさせることに役立っていた。

大小の出目はごく自然のようだった。とりわけ作為的なところはうかがえない。出目表も大と小がバランスよく並んでいる。

そこに三人連れの日本人がやってきた。ディーラーの横で金の勘定をするアシスタントのディーラーが、卓の前にへばりつき小さな金を賭けている客を上手にあしらって席を立たせ、三人を坐らせてしまった。

しばらくして、出目のリズムが微妙に変化してきた。大小小大大小大小などというものから、大と小が見事なくらい交互に出はじめたのだ。大小大小大小大小大小大小。大小が連続して六回出た時、客から口々に言葉にならぬ声が洩《も》れた。次も大。その次も小。これで大と小が七回交互に出たことになる。

ディーラーがプッシュし、請客投注の灯りがついた。今度も大だろうという客と、今度こそ小だろうという客で、賭け金が前回をはるかに上廻った。大か小か、どちらもありえそうだった。考えていると、ふと、この回ではないだろうかと思えてきた。ディーラーはこの回にゾロ目を出すつもりではないだろうか。そういえば、必要以上に客と無駄口《むだぐち》を叩《たた》き、賭ける時間を長引かせているような気がする。

私は手元に残っている三百二十パタカのうち三十パタカをゾロ目に賭けた。当たればニ十四倍の七百パタカになる。私が投げ入れると、女ディーラーがこちらに視線を向け、微《かす》かに笑った。私にはそれが「やるわね」という笑いのように感じられた。賭が締切られ、ふたが開けられ、灯りがついた。その瞬間、客がどよめいた。

五・五・六。

また大だったからだ。私の思惑ははずれてしまった。女ディーラーの笑いに意味などなかったのだ。しかし落胆はしなかった。考え方に誤まりがあったのではなく、単にタイミングを間違えてしまったにすぎない。そう思わなければ、ここで撤退せざるをえなくなってしまう。

次の回にはさらに賭け金が増えた。大にも小にも張り台に隙間《すきま》がなくなるほど並べられた。私は三十パタカをゾロ目に賭けた。

一・三・四。

小だった。しかし私は諦《あきら》めなかった。次の回に、小口の賭け金が大を埋めつくし、小に大口の賭け金が集まり、いかにも博奕《ばくち》が好きそうな日本人の三人組が有り金の大半を小に投入するのを見て、今度こそゾロ目が出るに違いないと思った。

残っている金は二百六十パタカ。いくら賭けたものか私は迷った。一瞬、二百六十パタカのすべてを賭けてみようかという気になったが、すぐに思いとどまった。万一はずれた時は立ち直れないほどの痛手をこうむる。それに、ゾロ目が出るのはこの次かもしれないのだ。迷った末に六十パタカを賭けた。

ブザーが鳴り、ふたがとられ、灯りがつくのを待った。だが、締切りのブザーがなかなか鳴らない。その間にも、張り台の上には金が投げ出され、賭け金が増していく。いよいよゾロ目を出すつもりなのだ。私はポケットの中の二百パタカを握りしめた。賭けようかどうしようか。握った手が汗ばんでくる。もしゾロ目が出れば、六千二百パタカもの大金が入ってくるのだ。しかし、もしはずれたら……。女ディーラーの指がブザーにかかった時、よほど二百パタカを放り投げようと思ったが、ためらいがその動きを封じてしまった。

灯りがつくと、客の間から悲鳴に近い声が上がった。

二・二・二。

ゾロ目、ついにゾロ目が出たのだ。大と小に賭けられた大金はディーラーに掻《か》き集められ、目と合計数を当てたわずかの金に対して倍率通りの金が支払われた。ゾロ目に賭けた私の六十パタカも、千四百四十パタカになって返ってきた。私は四十パタカをディーラーに渡し、その場を離れた。

自分の読みがぴたりと当たったのに、そして負けていた金のほとんどを取り返したのに、私は少しも嬉《うれ》しくなかった。あそこで二百パタカ賭け増していれば、六千二百パタカが手に入れられたのだ。躊躇《ちゅうちょ》したために大金を取りはぐれてしまった。私は自分の思い切りの悪さを罵《ののし》りたくなった。

だが、その時、あそこで賭けられるかどうかが博奕の才能の有無なのだということに気がついた。どうやら私には博才といったものがないらしい。負けなかったことでよしとし、そろそろ切り上げるべきなのかもしれない。時計を見ると、午前一時を過ぎている。七時間以上も楽しんだのだ、これで充分と思うべきなのだろう。

カジノの玄関には人が立っていた。外は強い雨が降っている。しばらく私も雨宿りの仲間に入っていたが、それならもう少しやっていこうかという気持になりかかる。せっかく負けを取り戻したのに、今度はもっと深い傷を負ってしまうかもしれない。私は大小の誘惑を振り切るために、雨の中をホテルに向かって走り出した。

4

朝、八時頃《ごろ》には眼《め》を覚ましたが、それから三十分以上もベッドの中でぐずぐずしていた。眼が覚めたら起きる、というごく単純な習性の持主である私にしてはかなり珍らしいことだった。

体の芯《しん》に痺《しび》れるような疲労感が残っていた。頭の片隅《かたすみ》では昨夜の興奮が熾《おき》のようなものとなってまだ熱を放っていた。しかし、風邪のひきはじめのようなその気怠《けだる》さは、必ずしも不快なものではなかった。

ようやく起きる気になり、窓のブラインドを開けると、外は依然として雨が降りつづいていた。昨夜、濡《ぬ》れながらホテルに帰り、シャワーを浴びてから、バスルームに衣服を干しておいた。一晩で乾くかどうか心配だったが、マカオの気候が湿気はあるものの温度が高いせいか、着ても気持が悪くない程度には乾いている。私はそれを身につけ、朝食をとるため部屋を出た。

朝食は二階のテラスでとることになっていた。

テラスは海に面しており、そこからはマカオと氹仔島を結ぶ澳氹大橋が細く長く続いているのが見えた。海は濁っていたが、重く暗い雲と不思議に調和し、雨に煙る橋と共に、淡い水墨の絵画を見るような味わいがあった。

泊まり客が私以外にいないのか、あるいはすでに食べ終ったあとなのか、いずれにしてもこの気持のよいテラスに人は誰もいず、ウェイターは私ひとりのために給仕をしてくれた。

豪勢な朝食はまずトマト・ジュースから始まった。コーン・フレークスが持ってこられ、次にプレーン・オムレツの皿が運ばれた。そこにはベーコンと、なぜかポテト・チップスが添えられている。そしてチーズ。温められたフランスパンにバターとジャム。紅茶を頼むと、白い陶器のポットで出てきた。このような充実した朝食は旅に出てから初めてだった。私はテーブルに並べられたものを、ゆっくりと、綺麗《きれい》にたいらげた。

二杯目の紅茶を飲みながら海に眼をやると、いつの間にか雨足が激しくなり、橋の半分が霞《かす》んで見えなくなっていた。海の途中で橋が宙に消えている。夢幻的な美しい光景だった。

このまま香港に帰った方がいいのかな、と思った。もう少し博奕をやってみたいような気がするけれど、今のこの満ち足りた気分を壊すことにもなりかねない。昨日は辛《かろう》じて損をしないですんだが、今日もまた同じようにうまくいくとは限らない。あるいは、あの最後のゾロ目も単なる偶然だったかもしれないのだ。過信は禁物だ。マカオのカジノで負けなかった。その勲章を持って帰るのが賢明というものだろう。

〈帰ろう〉

私は紅茶を飲み干し、立ち上がった。

フロントで帰りの水中翼船の時間を訊《たず》ねると、すぐに船会社に電話をしてくれた。

午前中はどれも満席だが、午後一時からの便には空席があるという。予約をしなくても大丈夫というので、私は一時過ぎの適当な船に乗ることにした。

部屋に戻っても荷造りが必要なほどの荷物はなく、腕時計を見るとまだ十時になったばかりである。

私はベッドの上に寝転んだ。

頭に浮かんでくるのはやはり昨日の大小である。ディーラーがプッシュするカシャカシャという音や、筒の中でサイコロがはねまわるカランカランという音が聞こえてくる。眼を閉じると、ふたをされた暗い筒の中で、三つの賽《さい》が跳びはねている様がはっきり瞼に浮かんでくる。

賽の踊り。ダンス・オブ・ダイス、ダンシング・ダイス、英語で表現するとどういうことになるのだろう。そんなことを考えているうちに、ダイスという単語の綴《つづ》りが不意に曖昧《あいまい》になってきた。DICEだと思うのだが、確信が持てない。それ以外にふさわしいスペルはないが、ぴったりした感じがしない。どうも気持が悪く、バッグの中に放り込んでおいた辞書を取り出し、調べてみた。それは英和と和英が合わさった薄いものだったが、和英で「SAI」と引くと、すぐに見つかった。綴りはやはりDICEだった。しかし意外だったのはそれが複数形で、賽の単数はDIEであると記されていたことだった。ＤＩＥ、つまり死だ。賽が死とまったく同じ綴りを持っていることに驚かされた。

辞書にはこんな例文も載っていた。

賽は投げられた。

ルビコン河を前にしての、ジュリアス・シーザーの有名な台詞《せりふ》である。それを英語にすると次のようになるという。

The die is cast.

だが、この文章をじっと見つめていると、投げられたのは賽ではなく、死であったかのように思えてくる。いや、賽を投げるとは、結局は死を投ずることだと言われているような気がしてくる。ＤＩＣＥはＤＩＥ、賽は死と……。

その瞬間、私は得体の知れない荒々しい感情に衝《つ》き動かされそうになった。私は慌《あわ》ててベッドから跳び起き、バッグを持って部屋を出た。

チェック・アウトをしてホテルを出ると、雨は霧のように細かくなっていた。私は時間をつぶすために、濡れて黒い宝石のように輝いている石畳の坂道を、あてもなく歩きはじめた。

鮮やかな色彩を持った花が咲き乱れている洋館の庭園を眺《なが》めたり、授業中らしく静まり返った小学校の狭い校庭を覗《のぞ》き込んだりしながらぶらついているうちに、いつしか新馬路に出てきていた。北へ少し行けば聖パウロ学院教会だ。私は、ついでだから、もう一度だけ聖パウロ学院教会を見ておこうという気になった。

階段を上り切った辺りには、午前中のせいか雨のためか、人影がまるでなかった。私は薄い氷を直立させたような壁の前に佇《たたず》み、マカオの街を見渡した。わがスペイン語教師のオッサンは、マカオを「歴史の博物館」と呼んだが、小雨の中で物音ひとつ聞こえてこないこの街は、化石そのものであるかのようだった。歴史の遺物と共に暮らしているうちに、すべてが歳月の瘴気《しょうき》に当てられ生気を失なってしまった……。

再び、ホテルの部屋で覚えた荒々しい感情が甦《よみがえ》ってきた。

私は大小に心を残しながら、自分を上手になだめてマカオから去ろうとしている。冷静に判断すれば、カジノ相手の博奕に勝ち越せるわけがないといえる。千ドルや二千ドルの金など、負けはじめればまたたく間になくなってしまうだろう。やめて帰ろうという判断は確かに賢明だ。しかし、その賢明さにいったいどんな意味があるというのだろう。大敗すれば金がなくなる。金がなくなれば旅を続けられなくなる。だが、それなら旅をやめればいいのではないか？　私が望んだのは賢明な旅ではなかったはずだ。むしろ、中途半端な賢明さから脱して、徹底した酔狂の側に身を委《ゆだ》ねようとしたはずなのだ。ところが、博奕という酔狂に手を出しながら、中途半端のまま賢明にもやめてしまおうとしている。賽は死、というのに、死は疎《おろ》か、金を失なう危険すらもおかさず、わかったような顔をして帰ろうとしている。どうして行くところまで行かないのか。博才の有無などどうでもよいことだ。心が騒ぐのなら、それが鎮《しず》まるまでやりつづければいい。賢明さなど犬に喰《く》わせろ。張って、張って、張りまくり、一文無しになったら、その時は日本に帰ればいい。デリーにすら行けず引き返してきたというのはいささか恥ずかしいが、それもひとつの旅だったのだ……。

激しい感情に衝き動かされるままに、私は自問自答を重ねた。その問いと答が指し示す方向はカジノ以外のどこでもなかった。私は、自分がこれほどまでに博奕に未練を残していたということに、むしろ驚いていた。もちろん、博奕への未練だけが、私を衝き動かしている感情のすべてではなかった。恐らく、私は、小さな仮りの戦場の中に身を委ねることで、危険が放射する光を浴び、自分の背丈がどれほどのものか確認してみたかったのだと思う。

〈やろう、とことん、飽きるか、金がなくなるまで……〉

足は聖パウロ学院教会に近い船上カジノへと向かっていた。

5

昼間の澳門皇宮は客がまばらだった。卓を囲んでいる客も数えるほどだったし、ルーレットや番攤《ファンタン》の卓の中には、客がひとりも寄りつかず、ディーラーが退屈そうに器具を玩《もてあそ》んでいるところさえあった。

大小の卓はさすがに人気があり、ある程度の客を集めていた。しかし、賭《か》けられている金の額が夜とは一桁《ひとけた》以上も違い、ディーラーの表情に緊張感がうかがえない。熱のこもらない、小人数を相手の勝負に、意図的な目の操作が必要ないのは当然で、大も小もコンスタントに出ている。ゾロ目の出方もごく自然で、その前後に特別な作為は感じられなかった。

かりに、昨夜のゾロ目が偶然ではなく、推理が正しいものだったとしても、これではその方法を応用するわけにはいかない。だからといって、場が白熱してくる夜更《よふ》けを待つには、私の心ははやりすぎていた。

この船上カジノは、いったんリスボア・ホテルのカジノを知ってしまうと、みすぼらしさがかなり眼についた。内装や調度の問題もあったが、なによりディーラーの態度が下司《げす》っぽいのだ。客との対応の仕方にもけじめのないだらしのなさがあったし、チップの要求の仕方も媚《こ》びるようないやらしさがあった。

どこかにいい卓はないかと探し歩いていると、大小の卓の前でアシスタントのディーラーに呼び止められた。だが、私が中国人でないことがわかるとすぐに諦《あきら》め、そこを通りかかった香港からの観光客らしいオバサンに声を掛けた。オバサンが立ち止まると、彼はねっとりとした口調で誘いかけた。どうやら、そのアシスタントのディーラーは、教える通りに賭けてごらん、俺《おれ》は目を読むのがうまいんだ、儲《もう》けさせてやるよ、というような意味のことを言っているらしい。

ディーラーには、中央でサイコロをプッシュする係とその左右にいて張り台の上の金をさばくアシスタントのような係とがいて、互いにはっきりとした役割分担がある。だから、アシスタントのディーラーがプッシュするディーラーの出す目に挑戦《ちょうせん》する、というのもさほど不自然なことではない。ディーラーだって暇つぶしにそのくらいはしかねない。

しかし、その誘い方がいかにもいかがわしげなのだ。いずれにしても三人は仲間のはずだし、もしワナが仕掛けられていないとしても、インチキなしに筒の中の目を読むことなどできるはずがない。大か小かを手がかりなしに読むのなら誰でも条件は同じなのだ。とにかく、君子でなくとも、このような危険な卓には近寄らない方がいいに決まっている。

ところが、呼び止められたオバサンは、疑わしそうな、それでいて欲の深そうな笑いを浮かべて、少しずつにじり寄っていくではないか。

半信半疑でありながら、儲けられるというディーラーの甘言に乗せられ、つい卓の前にきてしまう。そのオバサンを横眼で見て、あまり欲が深いのも困ったものだ、などと口の中で呟《つぶや》きつつその場を離れようとして、いや、ディーラーがカモからどのように金を捲《ま》き上げるのかを見届けるのも、決して無駄《むだ》なことではないと思い返した。

張り台の前の若いディーラーは、カモが引っ掛かったと看《み》て取るや、ことさら景気のよさそうな声を上げた。その声につられて、通りがかりの数人が、卓の周りに寄ってきた。私も彼らと並んで、若いディーラーとオバサンとがどういうやりとりをするか見守った。

中央にいる年配のディーラーは、若いディーラーの動きなどまったく関心がないとでもいうように、淡々とプッシュを開始した。

張り台の前の若いディーラーは、しばらく考えてから、おもむろに言った。

「大」

オバサンは、本当かしら、というような曖昧な笑いを浮かべた。若いディーラーは、大丈夫だから賭けてごらん、と盛んに煽《あお》った。オバサンは迷いに迷った末に、十香港ドルを大に賭けた。周りで眺めていた何人かも、金を大に置いた。

中に、ひとりだけ小に賭けた男がいた。その男の気持もわからないではなかった。客から一銭でも多くの金を搾《しぼ》り取ろうとしているカジノで、いくらディーラーが面白半分に目を教えてくれるといっても、その言葉を素直に信じるわけにはいかない。疑ってかかるのも無理はない。しかし、だからといって、大の反対の小、というのも素直すぎるような気がした。

賭が締切られ、灯《あか》りがついた。

大。

当たった、当たった、とオバサンははしゃいだ声を出した。その声を聞きつけて、また二人、三人と客が卓の周囲に集まってきた。

ディーラーがプッシュする。サイコロの転がる音が止まると、若いディーラーは箇単に言ってのけた。

「こんども、大」

倍になって戻ってきた二十ドルに三十ドルを加え、五十ドルにして大に賭けたオバサンをはじめとして、かなりの客が大に賭けた。前回小に賭けた男はこの回にも小に賭けたが、小に張ったのは彼だけではなかった。彼らは、今度はディーラーが言葉と逆の目を出すだろうと読んだのだ。

しかし、出た目は、大。

オバサンは手を叩《たた》いて喜んだ。客の間からも、不思議そうなざわめきが起きた。これはどういうことなのか。これからどうなっていくのか。私にもこれから先の展開は読めそうで読めなかった。

ディーラーがプッシュした。若いディーラーは耳を澄ますかのようにうつむき、顔を上げると言った。

「小」

オバサンはハンドバッグの中から百ドル札を十数枚ちかく抜き出し、勝った金と合わせて小に賭けた。他の客もそれにつられて小に賭けたが、大に賭けられる額も前回よりはるかに多くなっていた。ふたが開き、灯りがつく。

小、だ。

オバサンは興奮して手を叩いた。これで三回つづけてディーラーが言う通りの目が出たことになる。興奮しているのはオバサンばかりではなかった。ほんの遊びと思って加わっていた客たちの顔からも笑いが消えた。こうやすやすと儲けられる機会は滅多にないのだ。ディーラーがプッシュすると、客の視線は一斉《いっせい》に若いディーラーの口元に向けられた。若いディーラーはそれを充分意識しながら、わざと焦《じ》らすように間を置き、自信に満ちた口調で言った。

「大」

オバサンは顔を紅潮させ、ハンドバッグにある金を洗いざらい取り出し、大に賭けた。その大胆な張り方を見ていた客からも、争うように大に向かって札が投げ入れられた。気がつくとこの大小の卓は閑散としている他の卓と違って隙間《すきま》がないくらいぎっしりと人で埋まっていた。客のほとんどは大に賭ける。しかし、大金を小に張る客も少なくはなかった。カジノの側も、そういつまでも客にいい目ばかりを見させておくわけにはいかないはずだ、というのが小に張る彼らの根拠であるに違いなかった。

灯りがつくと、「ヤー」という喚声が湧《わ》き起こった。

大、が出たのだ。

オバサンは興奮のあまり、喜びを表現することもできない。数千ドルにふくれあがった札を、両腕で覆《おお》うようにして、椅子《いす》に坐《すわ》り込んでいる。

五回目の勝負が始まった。

「小」

若いディーラーが託宣を下すように言うと、オバサンは熱に浮かされたように腕で抱えていた金のすべてを小のところに押し出した。小に金が集まり、しばらくしてから大にも続々と金が賭けられる。今度こそカジノ側は裏をかくだろう、とは誰しも思うことなのだ。最初に逆をいって失敗した男は、オバサンの向こうを張って、手持ちの全額を大に投入した。私も賭けるなら大かなと思った。手がポケットにいきかけたが、これは自分が賭けるのではなく、結末を見届けることに意味がある、とはやる気持を抑えた。しかし、傍観者にすぎない私にも、場がふつふつと煮えたぎりはじめているのが皮膚を通して伝わってきた。

全員の眼《め》がディーラーの前の黒い筒に向けられる。やがて賭が締切られ、ふたが取り除かれ、ディーラーの指が灯りのスイッチにかかる。

小。

また若いディーラーの言う通りの目が出た。

こうなると、この若いディーラーが、カジノの思惑などに頓着《とんちゃく》せず、本気で中の目を当てることを楽しんでいるのではないかと思えてくる。

ディーラーが場の熱気とは無縁の、つまらなさそうな顔をしてプッシュする。

「小！」

と、若いディーラーが気合をこめて言う。オバサンはチラッと迷う素振りを見せたが、若いディーラーが大きく頷《うなず》くと、安心したように再び全額を小に賭けた。吸い寄せられるように小に賭け金が集まる。大へも、今度こそ、今度こそ、という思いの客から、大量に金が投げ入れられる。悩みに悩んで、大に賭けた客が、また思い返して、小に賭け直してもらったりする。だが、誰もその客を笑わなかった。大かもしれないし、小かもしれない。考えはじめるとどちらにも思えてくる。そして、その思いは、すべての客に共通のものだったからだ。客はほとんど無駄口《むだぐち》を叩かなくなり、血走った眼で自分が張った金を見つめている。静かだが、場はたぎっている。

ふと、これに似た情景を昨夜も見たような気がした。大にも小にも賭け金が溢《あふ》れ、客は熱くなるだけ熱くなっている……。

もしかしたら、と私は思った。もしかしたら、これは昨夜の応用問題なのかもしれない。若いディーラーが目を教えているのは、できるだけ場を沸騰《ふっとう》させるのが目的なのではないか。途中で逆を教えて金を捲き上げるなどといった見えすいた方法でなく、客を煽るだけ煽り、場に金を吐き出させ……。

その時、請客投注のランプが消え、止め金がはずされ、ふたが取られた。

灯りがつくと、客がどよめいた。普通、そのどよめきの中には、落胆と歓喜の声が同じ程度にまざりあっているものだが、この回だけは喜びの響きがまるでなかった。出た目は、確かに小。しかし、それは一・一・一のゾロ目だったのだ。

若いディーラーは、ゾロ目が出ちゃしようがないよな、というように首を振り、下を向いたまま張り台の上の金を掻《か》き集めた。その手の動きを、すべてを失なったオバサンは茫然《ぼうぜん》と眺めている。

やはり、想像した通りだった。客を熱くさせ、最も効果的なところでゾロ目を出す。昨夜と同じだった。しかし、根本的に異なっていたのは、リスボアの女ディーラーが目を出すリズム、いわば技術によって雰囲気《ふんいき》を盛り上げていったのに対し、この澳門皇宮のディーラーは出る目を教えるという汚ない手を使って場を煽っていったことである。

〈卑怯《ひきょう》な奴《やつ》らだ……〉

私は腹が立ってきた。

膨らみ、熱し切っていた場の雰囲気が、いっぺんに冷えた。ディーラーが新たにプッシュすると、その音が虚《むな》しく響く。大金を失なった客が、つまらなさそうに卓から離れていく。残っている客から投げ入れられる賭け金も、散発的で、額も小さいものになっていった。

一時は一万ドル近く手に入れながら、一瞬にしてすべてを失なってしまったオバサンは、未練そうに椅子に坐りつづけていたが、やがて悄然《しょうぜん》と席を立っていった。オバサンの姿が見えなくなると、それまであらゆることに無感動にプッシュしていた中央のディーラーと、彼が出す目を読んでいた若いディーラーが、チラリと目配せをした。それは、いかにも、うまくいったな、こんなもんさ、と言い合っているような、客を小馬鹿《こばか》にした態度に見えた。

私は怒りのようなものを覚えた。別に無一文になったオバサンに同情はしなかったが、カジノのディーラーとして下の下の手を使った彼らが不愉快だった。

もちろん、これは博奕《ばくち》なのだ。博奕が公正に行なわれるはずはない。そこにインチキがあるのはむしろ当然だし、それくらいの覚悟もなしに博奕などやらない方がいいに決まっている。しかしここはカジノなのだ。少なくとも見せかけの公正さは維持すべきである。さまざまな方法でカジノに有利なルールが仕込まれているにしても、露骨なインチキはないという前提で博奕をしているのだ。リスボア・ホテルのカジノもそうだったが、かりに器械に細工が施され、ディーラーの思うがままの目を出せるようにしてあったとしても、賭ける側がプッシュされてから張る以上、五分と五分の闘いにすることが可能だ。誰もそれを露骨なインチキとは呼ばないだろう。

だが、博奕のことをほとんど知りそうもない中年の女性を甘い言葉で引き寄せ、意図的に出目を教え、最後にゾロ目で引っ掛けるなどという手を使うのは、あまりにも卑劣だった。それでは縁日の香具師《やし》と変わるところはない。香具師の博奕は縁日でやるから許されるのだ。それをカジノでやられてはたまらない。

卓の周囲の客の波がゆっくりと引いていった。

私は若いディーラーの鼻歌でも歌い出しかねない上機嫌《じょうきげん》の顔つきを見ているうちに、オバサンの仇討《あだう》ちをしたくなってきた。

彼らは、客が入る夜までの間に、必ずまた同じような手を使うだろう。その時がチャンスだ。ゾロ目を狙《ねら》い撃ちしてやろう。彼らは、五、六回に一度はゾロ目を出さざるをえないのだ。最初からゾロ目に張っても、五、六回に一回は二十四倍が取れることになる。それで彼らに壊滅的な打撃を与えるというわけにはいかないが、わかっているのだぞという重圧を加えることはできる。

いずれにしても、こちらに損はない博奕なのだ。インチキがどれほど高いものにつくか眼にもの見せてやろう……。

私は通路をはさんで斜め前にあるルーレットの台に移った。チップを百パタカほど買い、ちびちびと賭けながら向かいの大小の卓に注意を払っていた。

客は活気の薄れた卓を嫌《きら》い、ひとり、またひとりと大小の卓を離れていく。しかし、誰もいないという状態にはならず、ディーラーたちは数人を相手の小さな勝負をつまらなさそうにしている。それでも一時間ほどすると、ようやく客はいなくなり、ディーラーたちは寛《くつろ》いだ様子で私語を交わしはじめた。

ルーレットは大小と同じように赤黒を中心に張って勝ちもせず負けもしなかったが、気まぐれに置いた五パタカに三十八倍がきて思いがけない百九十パタカが入ってきた。その金を受け取っている時、向かいの大小の卓の方から若い女性の笑い声が聞こえてきた。

見ると、若いディーラーがパンタロン姿の若い二人連れに盛んに話し掛けている。彼女たちは、何がおかしいのか、若いディーラーがひとこと言うたびに笑い声を上げる。若いディーラーも口元に笑みを浮かべながら、儲けさせてやるからやってみな、といった軽い調子で誘いかけている。

二人は姉妹らしく、よく似ていた。服装は地味だったが、化粧っ気のまるでない顔立はなかなか整っていた。これで濃い化粧をして派手なドレスを着れば、彌敦道の舞廳でも一、二を争う美人ということになるのかもしれない。

私がつまらないことを考えているうちにも、彼女たちはしだいに大小の卓に引き寄せられていた。そして、若いディーラーの前に立つと、顔を見合わせ、やろうか、というように頷き合った。私も何気なさそうにルーレットの台を離れ、彼女たちの傍《そば》に近寄っていった。

頃《ころ》はよいと看て取ったのか、ディーラーがプッシュする。

「小、だろうな」

と若いディーラーが言う。それを聞くと、姉らしい年嵩《としかさ》のひとりが、小に賭けると必ず当たるの、と単刀直入に訊《たず》ねた。言葉はわからないが、声の調子や仕草で想像がついたのだ。その素朴《そぼく》さに若いディーラーも少し慌《あわ》て、いや必ずというわけではないが、などと言って口を濁そうとしたが、妹の方に、小に間違いないわね、と念を押され、仕方なく頷いた。すると、二人はそれぞれ香港ドルで五百ドルを小に賭けた。五百香港ドルといえばかなりの額である。それをいきなり、ディーラーに言われた通りに賭けてしまうこの二人は、いったいどのような姉妹なのだろう。恐ろしく素直な性格なのか、それとも金を金とも思わなくてすむ境遇にあるとでもいうのか。

小、が出た。

二人は手を取り合って大喜びした。その若い女性の嬌声《きょうせい》につられて、客が何事かと集まってくる。

客は若いディーラーが目を当てるのだと知ると、足を留めて賭けはじめる。言われた通りに賭ける人もいたし、その逆をいきたがる人もいた。いずれにしても張り台の上に置かれる金は増え、場は徐々に熱くなっていく……。

何から何までさっきと同じだった。

若いディーラーが小と言えば小が出て、大と言えば大が出る。姉妹はその言葉に従って素直に賭け、金が倍、倍に増えていく。彼女らに四つ折りにした紙幣の束が渡されるたびに、出目を予想する若いディーラーの口元を見つめる客の視線が真剣なものになっていく。

小、大、小、大、と若いディーラーの言う通りの目が出て、次に彼が「大」と目を読んだ時、そろそろやるつもりなのかもしれないな、と私は思った。

少し早すぎるような気がしないではないが、この回から賭けていくことにした。いずれにしても、この二、三回のうちにはゾロ目を出さざるをえないのだ。一回や二回、早目に賭けて負けたとしても、やがて手に入る二十四倍に比べれば物の数ではない。それより、ためらっているうちにゾロ目を出されてしまう方が恐《こわ》い。一度見逃してしまえば、いつまたチャンスが訪れるかわからないのだ。もう同じ手は使わないかもしれないし、ディーラーの交代の時間がきてしまうかもしれない。

姉妹がそれぞれの金を大に賭けたあとで、私は張り台のゾロ目の枠《わく》に五百パタカを投げ入れた。若いディーラーは、枠からはみ出した札をきちんと直しながら、鋭い眼つきで私を見た。確かに、ゾロ目に賭ける金額にしては多すぎた。大小の場合、倍率の高いところに賭ける額としては、十パタカか二十パタカ、せいぜいが五十パタカまでに抑えられるのが普通だった。五百パタカも賭けるというのは、よほど自信があるのか、よほど大小を知らないかのどちらかである。自信があると見た二、三人が、私に続いてゾロ目に張ってきた。しかし、それも十パタカ、二十パタカという小額の金にすぎなかった。

ディーラーが筒のふたを開けた。

一・五・六の大。

私は別にがっかりもしなかった。いずれは出るのだ。

新たにプッシュされると、若いディーラーは芝居がかった身振りで天井を仰いだ。

やがて、客が待ち構える中で、彼は視線をサイコロの筒に戻し、力強い調子で言い切った。

「小!」

姉妹は一万数千パタカになった金を、ためらいもせず小に賭けた。

もう少し用心深く、半分くらい取っておけばよいのに、と私は思った。彼女たちが先程のオバサンと同じような目に遭わされるのがかわいそうだった。しかし、考えようによっては、一万パタカ以上も手に入れ、それが二万、三万になる夢を束《つか》の間でも持てただけで充分とも言えた。

私はまた五百パタカをゾロ目に賭《か》けた。当たれば一万二千パタカ、米ドルで二千四百ドルになる。これで、これから先の旅は豊かなものになるだろう。なにしろ所持金が一挙に倍以上になるのだ。私はなかばその金を手に入れたようなつもりになっていた。

二度も続けて私がゾロ目に大金を賭けたことで、それまで小と大のみに引きつけられていた客の関心が、ゾロ目にも向けられることになった。とりわけ、若いディーラーの読みと逆に、大へ張った客たちに、ゾロ目もありうるかもしれない、と思わせる効果があったらしく、かなりの賭け金が大からゾロ目に移された。

これは面白くなったぞ、と私は思った。これで、場を沸騰《ふっとう》させ、客を熱くし、張り台の上に所持金のあらいざらいを吐き出させ、ゾロ目を出して捲《ま》き上げるという芸当ができなくなった。ゾロ目が出れば、カジノ側もかなりの出費を見込まなくてはならない。

しかし、大からゾロ目への変更を、若いディーラーがいやな顔ひとつせず応じているのが、不安といえばいえなくもなかった。あるいは、またゾロ目を出さず、さらに場を煽《あお》るつもりなのだろうか……。

灯《あか》りがついた。

二・二・五の小。

また若いディーラーの言う通りの目が出た。意外だったが、失望はしなかった。楽しみが少し先に延びただけなのだ。今度こそゾロ目が出る。出さざるをえないのだ。ただ残念なのは、恐らくゾロ目に張る人が前回より少なくなり、ディーラーにダメージを与えられなくなるだろうことである。だが、それも仕方がない。まず自分が一万二千パタカを手に入れることが先決だ。

ディーラーが小に賭けた客に金を倍にして配り終えた。さあこれから新たな勝負が始まるのだ、とその卓にいる全員が身構えた。私もジーンズのポケットに手を突っ込み、金を探った。

その時、思いがけないことが起きた。

大勝した姉妹が、配られた紙幣をすべてハンドバッグにしまうと、満足そうな笑みを浮かべて立ち上がったのだ。

「もうこの辺でやめておくわ」

どうやらそのような意味のことを言っているらしい。

若いディーラーは突然のことにうろたえた。いつもつまらなさそうにプッシュしているだけの中央のディーラーの表情も、まさか、という訝《いぶか》しげなものに変わった。彼らのシナリオには、カモが賭け金を減らしてきたり、「見」をするようになった場合の対応策は準備されていても、大勝した直後にあっさり席を立つなどという場合のことは考えられてもいなかったに違いない。

これからじゃないか、まだまだ儲《もう》けさせてやるよ、いいところじゃないの、もう少しやっていきなよ……。若いディーラーが必死に呼びかけるが、姉妹はまったく相手にせず、「これくらいで充分なの、私たち」とでもいうように、ハンドバッグを軽く叩《たた》くと、二人で顔を見合わせ、よく響く笑い声だけを残して歩み去ってしまった。

あっけにとられたのはディーラーばかりではなかった。私もまた彼女たちの後姿を茫然と見送った。そして、その後姿がすっかり見えなくなってはじめて、やられた、と思った。

こういう手があったのだ。

いかにもカモにふさわしいような顔をして歩いていき、呼び止められると引っ掛かったふりをして言いなりに賭け、ゾロ目が出る一歩手前でやめてしまう。彼女たちはこのインチキの仕組みを知っていたに違いない。

それにしても鮮やかな手並だった。無邪気さを装う演技力といい、見切り時の絶妙さといい、非の打ちどころがない。彼女たちはただの観光客ではないだろう。存外、私が受けた第一印象のように、水商売の女性なのかもしれない。店の客かあるいは仲間の誰かに、このインチキの仕組みと、それを打ち破る方法を教えられ、試しにきた。そういうことなのかもしれない。

大勝している彼女たちがいなくなり、場に風穴が開いてしまった。熱くなっていた頭が冷やされると、彼女たちと同じく、若いディーラーの言う通りに賭けて勝っていた客の何人かが、確かにこれくらいで充分と思い出したのか、ポツポツと卓を離れはじめた。残っているのは、損も得もしていない客か、逆をいって損をした客くらいになってしまった。

中央のディーラーが投げやりにプッシュした。若いディーラーがいつまでたっても目を読もうとしないので、客のひとりが催促した。

「小」

気のない言い方だった。

それでも、まだ小に賭ける客がいて、逆にいこうという客もいないではなかった。しかし、張り台の上の金は激減し、前回までの流れが完全に断ち切られていることをはっきり表わしていた。

どうしようか、私は迷った。姉妹をはじめ勝っている客がいなくなり、場が冷えてしまった以上、ゾロ目を出してもあまり効果がない。ディーラーはもうゾロ目を出さないのではないか。だが、万一ということもある。たとえどんなに少なくとも、これまでの損失を補うために、張り台の上の金をさらおうとするかもしれない。

私は未練とは思いながら、三たび五百パタカをゾロ目に賭けた。

しかし、出た目は、三・五・六の大。

若いディーラーは、間違えちゃった、というように苦笑し、それ以後は目を読むのをやめてしまった。

私は舌打ちをしたいような気分になった。いくら待っても彼らはもうゾロ目を出さないだろう。これで千五百パタカはすっかり無駄《むだ》になってしまった。私は自分を落ち着かせるために、その卓から離れ、カジノの中を歩きはじめた。

あの姉妹はインチキを仕掛けたディーラーたちよりはるかに上手だった。それに比べれば、私など問題にならないくらいの甘ちゃんだった。眼《め》の前に出されてもいない一万二千パタカを手に入れたつもりになっていたばかりか、千五百パタカを失ない、おまけに彼女たちの心配までしていた。そんなことを知ったら、彼女たちは大笑いをするだろう。

場内をぶらつきながら、しかし頭に浮かんでくるのは、私が五百パタカを賭けた三回の勝負だった。

大。小。大。

一回目の大は、ディーラーの予定通りの目だったのだろう。もう少し客を熱くさせるため、ゾロ目を出さなかった。三回目の大に関しては、ディーラーの側にやる気が失《う》せ、早くこの遊びを終息させようとしていたのだから、どんな目が出ても不思議はない。問題は二回目の小だった。

若いディーラーは小と言い、姉妹も言われた通り小に賭け、私はゾロ目に張った。ここが彼女たちと私の、大金を得られるかどうかの分かれ目だった。

小、大、小、大、大、大ときての、次の勝負である。ゾロ目が出てもいいタイミングではあった。目を思い出してみる。確か、二……二……五ではなかったかと思う。二・二・五。その目を頭の中で転がしているうちに、もしかしたら、という考えが浮かんできた。もしかしたら、この目は、二・二・二の崩れなのではあるまいか。いくら器械が精巧にできており、技術が卓抜であったとしても、狙った目を百発百中で出せるわけのものでもないだろう。たまには失敗することもあるはずだ。これがその例外的な失敗の一回だったのではないだろうか。ゾロ目を出そうとしたが、何かの理由で失敗してしまった。

　そうだとすれば、あの姉妹も危機一髪のところだったということになる。あるいは、私は博奕に勝って勝負に負けただけなのかもしれない。彼女たちと私のどちらに大金が転げ込むかは、ほとんど紙一重の差だったのだ……。そう思うと、彼女たちにしてやられたショックが多少なりとも癒《い》やされるような気がした。

　私はさらに三百ドルをパタカに替え、別の大小の卓についた。

　負けた千五百パタカを一挙に取り戻すために、一発勝負をかける誘惑に駆られたが、必死に自分をなだめ、百パタカずつ慎重に賭けていった。

　しかし、やっと二千パタカになったかと思うと、すぐに千パタカくらいに落ち込んでしまう。そんなことを数回繰り返し、千パタカからようやく千五百パタカまで戻した時、どうにも我慢ができなくなってしまった。三回続けて読みが当たり、次は小と勘が働いた瞬間、思わず一気に賭けてしまったのだ。

しかし、結果は大。

これで六百ドルが消えたことになる。私は狂暴な気分になってきた。

さらに三百ドルを両替した。

千五百パタカを握り、さて、今度はどの卓でやろうかと探しているうちに、この船上カジノが、昨夜もまったくツキがなかったことを思い出した。

私はそのままどの卓にも寄らず、澳門皇宮を出た。

外はもう薄暗くなっていた。時計を見ると、午後六時を過ぎている。正午から半日も大小をやっていたとは信じられない。私にはほんの束の間のことのように感じられる短かさだった。

6

リスボア・ホテルのカジノ、葡京娯楽場はさすがに客で賑《にぎ》わっていた。大小ばかりでなく、どの卓にも人が群らがっている。私は円形のホールをぶらつき、客が最も集まっている卓を探した。

ようやく見つけた卓でしばらく勝負の推移を眺《なが》めていたが、出目に際立《きわだ》った特徴もなく、ゾロ目の出方にも細工は施されていないようだった。

負けを取り返すには、夜が更《ふ》けるまで待つべきなのだろう。場が熱し切るのを待ち、そこで昨夜のようにディーラーがゾロ目を出してくるのを狙《ねら》い撃ちにする……。

老夫婦が仲よく賭けていた。妻が出目を紙に書き移し、夫はそれを参考にして張っていく。彼らはなかなか好調で、大小を中心に賭け、着実に儲けていた。ところが、ある回、夫は何を血迷ったか、三つの目をぴたりと当てなければならない百五十倍のところに、千パタカも賭けてしまったのだ。妻は驚き、やめさせようとした。低い声で言い争いが始まり、やがて夫が折れてその金を引き上げた。彼がどういう根拠でその目に賭けたのかわからなかったが、不運なことに、筒のふたが開けられるとその目が出ていたのだ。十五万パタカという大金を逸した夫は妻を激しくなじった。そして、頭に血を昇らせてしまった夫は、妻の制止もきかず、次々と百五十倍に賭けていっては負け、結局すべてを失なってしまった。黙って席を立つ二人を眺めながら、これから先、死ぬまでこの時のことが言い争いの種になるのだろうなと思え、こちらまで暗い気持になってきた。

いつまで待っても、ゾロ目の狙い撃ちができそうな状況は訪れてこない。私はジリジリしはじめた。

私は待つのに飽き、賭けはじめた。

十パタカずつ程度ならいいだろうと始めたが、ひとたび場に加わってしまうと、それはいつしか二十パタカになり、三十パタカになり、五十パタカになっていった。負けがこむにつれて賭ける額が大きくなり、金のなくなるスピードを早めた。

千五百パタカを綺麗《きれい》に使い果たしてしまい、さらに三百ドルを両替した時、底のない沼へ足を踏み入れてしまったような気持がした。しかし、その生ぬるい水と腐った泥土《でいど》に足を取られるような感覚は、必ずしも不快なものではなかった。

このまま博奕《ばくち》をやっていけば、本当に行くところまで行ってしまうかもしれない。金を失ない、これ以上前に進めなくなるかもしれない。ロンドンは無論のこと、デリーにも辿《たど》り着けず、いや、東京に帰ることすらできなくなるかもしれない。異国で無一文になり、立往生してしまう。だが、自分がそのような小さな破局に向かってまっしぐらに進んでいるらしいということには、むしろ意外なほどの快感があった。

私はまた別の卓を探すためにぶらつき、若い美人のディーラーが客と楽しげに話しながらプッシュしているところで足を留めた。何を喋《しゃべ》っているのかはよくわからないが、ディーラーが巧みなコンダクターとなり、場の雰囲気《ふんいき》を適度に盛り上げていた。五十パタカを単位にして賭に加わった。ここぞと思う時に二百パタカ、三百パタカと大きく張り、あとは五十パタカに後退する。しかし、どうあがいても、勝ち越していくことができない。ゾロ目を出すタイミングも読めず、千五百パタカは千パタカになり、五百パタカを切った。

もう永遠に負けつづけるだけではないか、という徒労感に襲われる。だからといって、ここでやめるわけにはいかない。私は単位を十パタカに下げた。プッシュされ、十パタカを張り、灯りがつくと、負けている。プッシュされ、負け、プッシュされ、負け、プッシュされ、負け……。

体は疲労で重くなっているのに、頭だけが真空になったような軽さである。その空っぽの頭の中に、カシャ、カシャ、カシャというプッシュの音が聞こえ、カラン、カラン、カランというサイコロの音が響く。

卓に客が増え、私は押し出されるようにして人垣《ひとがき》の後に追いやられてしまった。プッシュされる音がして、サイコロの転がる音がやむと、人垣の後から背伸びをして、大か小に賭ける。賭けても賭けても負けていく。

カシャ、カシャ、カシャ。
ディーラーのプッシュする音が残響のようにいつまでも耳の奥から聞こえてくる。
カシャ、カシャ、カシャ。カシャ、カシャ、カシャーン……。
おや、と思った。
プッシュされる時の音が微妙にちがうのだ。私は賭けるのを中断し、プッシュの音
に耳を澄ませた。
カシャ、カシャ、カシャ。
灯りがついて、出た目は小。
カシャ、カシャ、カシャ。
やはり、小が出る。
カシャ、カシャ、カシャーン。
三つ目のプッシュ音が、ほんの僅《わず》かながらどこかに引っ掛かるように感じられた時、
大が出た。
今度は眼を閉じてプッシュの音を聞いてみた。
カシャ、カシャ、カシャ。
三回ともまったく同じリズムでプッシュされた。小が出るかもしれない。そう思い、

眼を開き、灯りがつくのを待っていると、本当に小が出るではないか。

カシャ、カシャ、カシャーン。

三つ目が引っ掛かる。これは大なのではないだろうか。私は半信半疑ながら、十パタカを大に張ってみた。

三・四・六の大。

カシャ、カシャ、カシャーン。

これも三つ目に引っ掛かりが感じられる。五十パタカを大に賭けた。

一・五・六の大。

私は恐る恐るプッシュの音を頼りに賭けはじめた。耳を澄ませ、三つのプッシュ音がまったく同じに聞こえれば小、最後の音に微妙な変化があれば大、というわけだ。

カシャ、カシャ、カシャ。

小。

カシャ、カシャ、カシャーン。

大。

面白いように適中する。しかし、他の客はこんな簡単なことにどうして気がつかないのだろう。あるいは、ディーラーとの無駄口《むだぐち》に気を取られ、プッシュの音にまで注意がまわらないのかもしれない。中国語がわからない私には、その会話も一種の音にすぎなかったから、プッシュの音の違いが聞き分けられた。そういうことなのかもしれない。

だが、気がつくと、中国人の客の中に、私とまったく同じ賭け方をしている女性がひとりいた。

彼女は老夫婦がいなくなった席に坐《すわ》っていたが、立っても背丈はかわらないだろうと思われるほど小さかった。髪をオカッパにし、年齢不詳の容貌《ようぼう》は男のようにいかつかった。その彼女が僅かに眉《まゆ》をひそめるようにして一心不乱に張っている目が、気味が悪いほど私と一致してしまうのだ。

大、小、小、大、小、小、小、大、小、大、大、大、大、大、小……。

私が先になり、あるいは彼女が先になりながら、常に同じ目に張り、常に当たりつづけた。

オカッパ頭の女性も勘にまかせて張っているのではなく、目が読めるに違いなかった。しかも、音で目を読んでいる。そう思ったのは、私が初めてはずれた時である。三つ目のプッシュ音に引っ掛かりが聞こえ、ためらわずに大に賭けたが、出た目は小だった。恐らく、ディーラーが大を出しそこねてしまったのだろうが、その時、彼女もまったく私と同じに大に賭け、目をはずしていたのだ。

十五回、二十回と当たりつづける。三十回のうち、はずれたのは三回だけだった。一回はゾロ目のため、他の二回はディーラーの出しそこねによる負けだった。

そうなると、いくら百パタカずつの地味な賭け方をしていても、目立たないわけにはいかなくなる。小銭を賭けている普通の観光客たちは、オカッパ頭の女性と私が賭けるまで待つようになった。そして、彼女と私が同じ目に張ると、安心してそれに従うのだ。

若い美人のディーラーは、相変わらず客と冗談を言い合っては笑っていたが、明らかに私たちを意識して、プッシュする指先に力が入ってきた。しかし、それがさらに引っ掛かりを際立たせてしまう。

プッシュの音を聞いては賭け、聞いては賭けしているうちに、頭だけでなく、体までも真空になり、無重力の世界を浮遊しているような恍惚感《こうこつかん》を覚える瞬間が何度かあった。

私は自分がどのくらい勝っているのかわからなかった。勝っても勝っても百パタカでしか賭けなかったが、やがて百パタカ札を無造作に突っ込んだポケットが不格好に膨らんできた。

あまりにも当たりすぎることに自分でも恐《こわ》くなりはじめた時、突然、ディーラーが交代した。定時のものではない、異例の交代だった。新しく来たのは、昨夜も見たことのある、気《き》っ風《ぷ》のいい姐御肌《あねごはだ》の中年のディーラーだった。彼女はにこやかに微笑《ほほえ》みながら中央に立つと、ゆっくりプッシュした。

カシャ、カシャ、カシャ、カシャ。

小に賭けた。ところが、出た目は大。

カシャ、カシャ、カシャ、カシャ。

三回とも同じリズムに聞こえる。私はまた小に賭けた。しかし、灯《あか》りがつくと、大。

カシャ、カシャ、カシャ、カシャ。

賭けずに「見」をした。すると、今度は、小が出る。次も、その次も、彼女のプッシュする音に変化はなかった。

カシャーンという、気持をそそるようなあの三つ目の音が聞こえなくなってしまった。聞こえなくなったのは私だけではなく、オカッパ頭の女性も戸惑っている様子がうかがえた。どうにかして新しいディーラーのプッシュする音の特徴をつかもうとしたが、単調なリズムで聞こえてくる三つの音からは、どんな差異も見つけ出すことができなかった。

汐《しお》どきかな、と思った。

時計の針は午前三時を指している。実に十五時間も立ちつづけで博奕をしていたことになる。しかも、その間、まったく飲まず喰《く》わずだった。そう意識すると、疲労が足先から這《は》い上がってくるような気がしたが、不思議に空腹感はなかった。

ポケットの中の金を取り出し、数えてみると、百パタカ札が五十二枚あった。千二百ドル近い負けから、実に二百ドル程度の負けにまで挽回《ばんかい》することができた。

これでいいかな、と思った。負けの大半が取り戻せたからというのではなく、ささやかながら博奕の天国と地獄を垣間《かいま》見ることのできたこの一日に、どこかで深く満足している自分を感じたからだ。

カジノのカフェでコーヒーを二杯飲んだ。その温かさが、私の疲労がどれほど深いかを教えてくれた。早く香港に帰って、黄金宮殿の自分のベッドに横になりたくなった。

カジノのクロークで預けておいたバッグを受け取る時、係の少女に船の時間を訊《たず》ねた。水中翼船は夜が明けなければ出ないが、普通のフェリーなら午前四時に出港する船がある。そう教えてくれた少女は、親切にも船会社に電話を掛けてくれた。少女はしばらく話していたが、電話を切ると、申し訳なさそうに言った。満席で、デッキという切符しか残っていないらしい。デッキとは、要するに甲板の上で転がっていろという、最下級のチケットのことだろう。

「それで行くよ」

私が言うと、少女は真顔で心配した。

「夜は寒くて、風邪をひいちゃうわ」

「平気さ」

「負けたの？」

直截《ちょくせつ》に訊ねられて、私は口ごもってしまった。確かに勝ちはしなかった。しかし、負けたような気もしないのだ。

「いや」

そう言いながら、十パタカのチップを渡すと、無理をしていると思ったらしく、いいのよ、と言って少女は受け取ろうとしなかった。

デッキのチケットは僅か七パタカにすぎなかった。船が滑り出すと、私は金のなさそうな乗客に混じって甲板の上で横になった。

雨はすっかり上がり、空には星が出ていたが、風は冷たかった。クロークの少女が言っていた通り、かなり寒い。眼《め》を閉じて眠ろうとするのだが、なかなか眠れない。仕方なしに眼を開け、星を眺めた。

どうやらこれで日本に帰らなくてすみそうだ。行くところまで行かなかったが、そこへ向かう一種の狂熱は味わうことができた。これからは、その狂熱のレールに、いつでも自在に跳び乗れることだろう。乗るか乗らないかは単なる選択の問題にすぎなくなった。

私はまたひとつ自由になれたような気がした。

船のエンジンの音と舳先《へさき》が立てる波の音の間から、カシャ、カシャ、カシャーンという響きが聞こえてくる。

それにしても、よくあれほど微妙な音の違いを聞き分けられたものだ、とわれながら不思議になる。もしかしたら、あれは若い美人のディーラーが作為的にしていたのではなく、ただ単に、私がそのように聞いてしまったというにすぎないのではあるまいか。勝手に違いを聞き分けたつもりになり、大や小に張る拠り所《よりどころ》にしていたが、たまたま当たりつづけたのは偶然にすぎず、それをツキと呼ぶのではないか。そうだ、そうに違いない、と思いかけたが、そうするとあのオカッパ頭の女性の賭け方の説明がつかない。やはり、ディーラーの技倆《ぎりょう》が拙劣だったのだろうか。もし技倆の問題だとすれば、それは投球フォームによって次に投げる球種がわかってしまう野球のピッチャーのように、ディーラーとして致命的な欠陥になりうるものである。かわいそうだが、彼女はそう長くカジノにいられないかもしれない。

夜明けが近づくにつれて、寒さが増してきた。

洋上の冷たい風に小さく体を震わせていると、マカオでの熱に浮かされたようなこの二日間が、ふと、非現実的なものに思えてくる。一カ月もカジノに入りびたっていたような気もするし、大小の卓にかじりついていたのは一時間ほどでしかなかったような気もする。カジノで見かけたさまざまなタイプのディーラーや客たちの存在感もしだいに薄れていき、すべてが夢の中の出来事のように遠く、曖昧《あいまい》になっていく……。

7

午前六時半に香港島に着いた。

さすがに疲労困憊《こんぱい》しており、途中の店で何かを食べるという気力もなく、スター・

フェリーに乗って九龍に渡り、やっとのことで宿に戻った。

夜遊びをして遅くなった時のように、エレベーターを降りてすぐのところにある扉《とびら》を強くノックすると、深夜番の若者が鍵《かぎ》をあけてくれた。ところが、私の顔を見ると、彼はびっくりし、ちょっと待ってくれ、というような意味のことを口走ると、慌《あわ》てて私の部屋に飛んで行った。

彼が中に入ってしばらくすると、そこから裸の若者とスリップをつけただけの女が飛び出し、別の部屋に駆け込んでいった。両手に自分たちの洋服を抱えている。そのあとから、深夜番の若者が二人の靴《くつ》を持って追っていく。

私はその光景に唖然《あぜん》としたが、やがて事情が呑《の》み込めてきた。

宿の主人は、私がマカオに行っている間も、金を取らずに部屋を借りっ放しにしておいてくれた。深夜番の若者は、今夜も私が帰らないものと見当をつけて、友達にタダか、あるいは安く貸していたに違いない。

ぐっすり寝入っていただろうに、妙な時間に帰ってきて、罪つくりなことをした。どこの国の若者だって、好きな女と寝る部屋にはいつでも不自由しているものなのだ。俺《おれ》の部屋で間に合うのならいくらでも使ってくれ……。

私は深夜番の若者が懸命に謝まるのを制し、かなり寛大な気持で部屋に入った。しかし、ベッドのシーツを見て、愕然《がくぜん》としてしまった。今の今まで男と女が寝ていたのだから、皺《しわ》が寄っているのは仕方ない。困ったのは、シーツの中ほどに精液のようなものがこびりついていることだった。しかもまだ濡《ぬ》れている。

疲れ切っているために、これ以上の時間をかけてシーツを取り換えさせたりすることに耐えられそうもなかった。とにかく一刻も早くベッドの上に横になりたかった。濡れているところにバスタオルを敷き、その上から崩れるように倒れ込んだ。旅に出てから僅かの間に、みるみる神経が雑になってきた。それが自分でもよくわかる。もっとも、それが悪いことかどうかはわからないが……など考えているうちに寝入ってしまったらしい。

眼が覚めたのは夜の八時頃《ごろ》だった。頭がぼんやりし、あまり食欲もなく、夕食をとるため外に出たものの、三文治と可楽、つまりサンドウィッチとコーラで簡単にすませてしまった。

九龍側のスター・フェリーのターミナルで、ベンチに腰を掛けながら、茫然《ぼうぜん》と夜景を眺《なが》めていた。

すると、同じように夜景を眺めていた若者のひとりが、そっとベンチの横に坐《すわ》り、話し掛けてきた。彼はどこかのホテルのボーイで、この非番の一夜をどう過ごしていいかわからず、退屈しているとのことだった。

「ユー・アー・ナイト・ボーイ？」

そう質問された、と思った。

「イエス」

と答えた。おまえは夜型人間か、と訊《き》かれたと思ったのだ。ナイト・ボーイというのは、ナイト・オウル、夜の梟《ふくろう》、などと同じような意味だと思っていた。ところが、彼はこんなことを言うのだ。

「アイ・ライク・トゥー」

少しおかしいような気がしないでもない。しかし、まあ彼も夜が好きなのだろう。私が頷《うなず》くと、彼はさらに付け加えた。

「アイ・ライク・ナイト・ボーイ、サムタイム・ガール」

これにはさすがに肝をつぶした。英語にナイト・ボーイという言い方があるのかどうかは知らないが、少なくとも彼は「あなたはホモセクシュアルですか」と聞いていたつもりなのだ。まさかと思っていると、ベンチを少しずつにじり寄ってくる。

私は立ち上がり、フェリーに乗った。

〈誰もが寂しいのだ……〉

対岸の美しいネオンを映してゆらゆらと揺れている水面を見つめながら、そろそろ香港を出発しようかな、と思った。

［対談］出発の年齢

山口文憲
沢木耕太郎

この対談は、一九九三年十一月に行われました。

「外国」との出会い

沢木　山口さんは何年生まれですか。

山口　一九四七年です。

沢木　えっ、僕と同じ年ですか。てっきり、四八年生まれだと思ってた。

山口　あらら、こっちは沢木さんが四八年生まれなんだと思ってたんだけど。

沢木　お互いにひとつ下だと思っていたわけだ（笑）。同じ年だとすると、山口さんの中で外国というものが浮上してきたのはいつごろになりますか？

山口　そうですね、最初は十代の終りくらいかな。フランスに留学したいと思ってました。パリにコンセルヴァトワールってあるでしょ。いまから考えるとウソみたいだけど、トランペットを吹く音楽少年だったんで（笑）、まず芸大にいくつもりで二年くらい浪人してたんです。その頃《ころ》の話だから、外国といっても漠然《ばくぜん》としてますね。リアリティーが出てくるのは、ベトナム反戦に首を突っこむようになってからでしょう。

小田実《おだまこと》が代表だったべ平連に出入りしてたんですけど、あそこは一種国際的なところがあって、よく外国人もいたし、会議をやっていると、誰かが電話をつかんでいきなり英語でしゃべり出すというようなことがわりと日常的でした。たぶん、具体的に外国を感じたのは、このときが最初だったと思います。

沢木 そこに集まってくる若い人にとって、べ平連というのは一種の学校という感じがあったのかな？

山口 そうですね、そういう感じはあったな。吉岡忍あたりが学級委員で（笑）。当時、べ平連は、市民運動とはべつに、ベトナムから休暇で来た米兵に脱走を呼びかけて、ひそかにソ連経由でスウェーデンに送りだす活動もしてたんですけどね。私はそっちの非公然グループへ入れられた。二十《はたち》ぐらいだったでしょうね。いろいろなやつがそれにかかわってたから、今頃になって、「エッ、あなたもやっていたの」みたいなこともよくあるんだけど、私は車の運転ができたんで、北海道の港まで脱走兵を連れていく実行部隊にいたんです。

沢木 そういう経験を通して外国というものを意識するようになっていったわけですね。

山口 そうですね。まんまスパイ小説ですよ（笑）。深夜、指示された時刻に最北の港の突堤に車で行って、三回ヘッドライトを点滅させたりするわけ。すると、接岸中の灯火を消した漁船からオーケーの合図があって、暗い突堤の上をアメリカ兵たちがだっと駆けていく。それを見届けたら、私はUターンして全速力でその場を離れるんだけど、そのときに思いましたね。私もあのまま連中といっしょに行ってしまえば、沖合いにはソ連の警備艇が待っていて、行先は国後島《クナシリ》か樺太《カラフト》かわからないけれども、とりあえずこの国からスッと消えてしまえるわけでしょう。国境なんてものは、やっぱり虚構なんだって感じですかね。このときの実感はいまだに尾を引いてるような気がします。

沢木 国境線というのはとても厳密に引かれているもののようでいて、ひどく杜撰《ずさん》なところがあるものだからね。

山口 そう。戦後の日本人にとっては、海岸線が即国境だったわけで、沢木さんや私は、明治このかた、いちばんコンパクトで、国境のはっきりした日本で育った世代でしょ。だから、戦前世代とちがって、国境なんて杜撰なものなんだという常識に欠けるところがある（笑）。実際にパスポート持って国境を越える前に、そういう常識を身につけることができたのは、まあよかったのかもしれないって思いますね。

それからもう一つ、こういう体験も面白かったな。脱走兵は、出発の日まで、シンパの文化人の別荘かなんかで、お守り役の私なんかと隠れて暮すんですよ。ところが、こっちは英語は高校で習っただけで、おまけに英会話みたいなことに全然関心がなかったから、話がまるで通じない。でも、私の方から通じさせる必要はないの。彼らにしてみれば、私は世界に対する唯一《ゆいいつ》の窓なので、向こうが私に通じさせなくてはならない。だから、ミーはこれからどうなるのか教えてくれ、みたいなことを、一日がかりで必死に私に喋《しゃべ》るわけですよ。英語を学習する環境としては、非常に恵まれていた（笑）。こっちが圧倒的優位に立った、密室の外国体験ですね。

沢木 たしかに、それは外国に通じるひとつの道だよね。

山口 あれ？ なんだか私ばかりが喋ってるみたいだな（笑）。じゃ、沢木さんは？

沢木 僕の方はわりあい気楽な学生時代を送っていて、もっと外国へ行くということを真剣に考えてもよかったのに、ほとんど考えなかった。アメリカという国とか、あるいはインドの文化などに強烈なあこがれを持っているやつは行こうとしたんだろうけれど、別にそういうところにそれほどの関心もなかったし。僕は大学を卒業して一日で就職先をやめてしまったんですよね。でも、そのときに、どうして外国に行くということが出てこなかったのか、今から思えば不思議だなあ。その気になれば適当に金を稼《かせ》いで行くこともできたかもしれないのにね。

山口　沢木さんも、そういうことに気がついたのは結構遅いんだな。
沢木　そう、少なくとも大学卒業前には考えなかった。
山口　私も初めて外国に行ったのは二十六ぐらいですから、当時としてもすごい奥手です。もっとも、同世代の作家のなかには、三十ぐらいになってから初めて行ったというのもいますけど。これはまあ貧困のせいだと本人はいっている（笑）。
沢木　関川夏央さんのこと？
山口　あ、いっちゃいましたね（笑）。
沢木　山口さんの中に、外国に行こうかというような、あるいは外国に行くかもしれない、行きたいという気持が具体的に芽生えたのは、浪人中にパリに留学でもしようかなと感じた時ですか？
山口　留学と芸大は、べ平連に身を入れるようになった時点で、もう半分挫折《ざせつ》してたんですけどね。それからしばらくして、脱走兵がらみの事件で私は逮捕されるんですけど、そのときこの顔が新聞やテレビのニュースに出たんです。そうなると、音楽の先生なんていうのは超保守だから、とんでもないやつだということになって、それでおしまいです（笑）。
沢木　絵に描《か》いたような〝人生の転機〟ですね（笑）。

山口　しかし、今でも少しは気になるんでしょうね。テレビにオーケストラが映ると、金管のメンバーの顔は身をのりだして見てますね。大昔の知り合いがいるんじゃないかと思って。

沢木　心が残るという感じはあるの？　今はもう、こうした会話の中でさらりと冗談めかして喋ることができるようになったかもしれないけれども、どこかにやっぱりやりたかったなという思いは残っていますか。

山口　どうかなあ。どうせ私には才能もなかっただろうと思うし。

沢木　その〝どうせ〟という部分を除けばどうなのかな。

山口　そうですね、原稿書きで辛《つら》い思いをしているときなんかは、一種の自己憐憫《れんびん》で、ああ人生まちがえたと思うことはありますよ（笑）。ラッパのケースを抱えて、初老を迎えるのがよかったかなと思わないでもない。

沢木　しかし、その音楽少年から現在の山口文憲へというのは相当の変化だね。

山口　音楽少年の次は政治少年みたいなこともやってみたわけだけど、これも中途半端で、しょうがないから雑文でも書こうかという気になった。でもね、自分で文章作ってて思うんだけど、展開とかリズムとかテンポなんかが、やたらと気になるところはあるみたいですよ。

沢木　そうか、山口文憲の文章には音楽の夢がこめられていたのか（笑）。唐突に物書きの世界に入ったということでいえば、山口さんは僕ととてもよく似ているんですね。

山口　何がなんでも物書きに、というのではまったくなかったですね。今でもないです。

沢木　そうすると、山口さんが初めて行った外国はどこだったの。

山口　それが、やっぱりパリだったんです。取りあえずパリに行って、うろうろと一年ぐらいいた。

沢木　どうしてパリだったんですか。

山口　どこでもよかったんですよ。要するに、東京からどこかにころっと行っちゃいたいというだけでね。まわりはみんなアメリカなんかへ行ってたけど、アメリカには全然興味がなかったということもあったでしょうね。

　で、パリでボーッとしているまに、ベトナム戦争も終わった。あれは、一九七五年の四月三十日でしたよね。その次の日、メーデーを見物しにナシオンの広場に行ったら、でっかい横断幕が出ていて、「サイゴン陥落」と書いてある。そのときまで、知らなかったんです。私はフランス語全然できないんだけど、「落ちる」という動詞は知ってたらしい（笑）。私をベトナム人だと思って握手を求めに来る労働者もいたりして、そうか、ベトナム戦争は終ったのか、と感慨にふけったのを覚えてますね。

沢木　えっ、じゃあ、僕は山口さんとほとんど同じ時期にパリにいたんだ。そのメーデーの時にはいなかったけど。

山口　ほんと？

沢木　だって、僕は『深夜特急』の旅の途中で、七四年から七五年にかけてパリにいたんだから。クリスマスからお正月にかけて。

山口　ああ、そうですよね。じゃ、たとえば七四年の十二月三十一日は何してました？

沢木　十二月三十一日は、カルチエ・ラタンの、いつも行っていたレストランに女の子と入ろうと思ったら、顔なじみのウェイターが今夜はやめといた方がいいというんですよ。僕は訳がわかんなくてどうしてだと聞いたの。

山口　どうして？

沢木　その日はニューイヤーズ・イヴの特別メニューで、ディナーがべらぼうな値段だったんです。きちんと席がしつらえてあって、正装した男女がいてね。威勢よく入ったのはいいけれど、僕の懐《ふところ》具合では払えなくて、結局連れの女の人に払ってもらったという惨《みじ》めなことになってしまった。

山口 じつは私も、その年の大晦日《おおみそか》の夜のことははっきり覚えているんですよ。ほら、パリでは午前零時がきて新年になると、街歩いているひとに抱きついてキスしていいことになっているじゃありませんか。だからシャンゼリゼだとかモンマルトルなんかに女連れで行くのはバカなんですけどね。にもかかわらず、私は日本人の女の子とふたりで、凱旋門《がいせんもん》の広場のようすを見物に行ったんです。そしたら、案の定、アラブ人のガキどもが手ぐすねひいてて、十二時になったとたんに襲撃してきた。ブチュブチュブチュと、ほとんど輪姦《りんかん》状態ですね。その間、私は関係ありませんと逃げてたんで、あとからその子が泣いて私をなじるんですよ（笑）。一方その頃、青年・沢木耕太郎は？

沢木 僕は川を挟《はさ》んで反対側にいた。オデオンの近所にいて。

山口 じゃあどこかですれ違っていますよ。私はリヨン駅のそばに住んでたから、帰りはそのへんを通ったはずだ。ところで、連れてた女の子って、フランス人ですか？

沢木 これにはいろいろ難しい問題がある（笑）。

山口 私の方は問題ない。オペラ通りの香水屋のおねえちゃんでしたけどね。

沢木 そのときのパリの一年について、山口さんは何か書いていますか。

山口 あるPR誌に、パリから毎月短い見聞記を送ってはいたんですが、ほかにはほとんど書いてないです。いつかは書きたいと思ってますけれどね。

先人たちの旅

沢木 僕は根が〝勤勉〟だから(笑)、山口さんのようにウロウロ、ぼんやりしていて一年を過ごすというのほとんど堪えられないと思う。今、僕は金子光晴を読んでいるんですけど、彼は金がないために異国をウロウロしまくりますよね。奥さんの森三千代を連れて中国から東南アジア、フランスからベルギーまで行ってウロウロしている。

山口 『どくろ杯』から『ねむれ巴里《パリ》』までの道中ですね。時代は昭和の初めですか。

沢木 『ねむれ巴里』からはさらに『西ひがし』で東南アジアに戻ってくる。あれを見ていると、本当にウダウダ、ウダウダしているじゃない。あの、ウダウダ感というのは僕にはないんだよね。僕はもうちょっと前に進もうと思っちゃう。

山口 私もパリに行く前に金子光晴を読んでいたんです。私はウダウダ派だから、『ねむれ巴里』みたいな世界は好きですね。森三千代だけが先にパリに行っていて、そこに金子光晴が何カ月か遅れて彼女を追って来る。自分もさんざんひどいことをしているんで、きっと森三千代もほかの男とできていて、そいつと暮らしているに違いないと思いながらアパートを訪ねるでしょう。それで、コンコンとノックして、「入ってもいいのか」と聞くんですよね。ああいう男になりたいと、若い頃は真剣に思った（笑）。

沢木　山口さん自身はパリではそういうことはなかったの、コンコンというのは？

山口　なかったですね（笑）。これからやるのもちょっと骨だし。

沢木　その当時の僕には、金子光晴は視野に入っていなかったな。旅の先達《せんだつ》の作品の中で、僕の頭のどこかに入っていたものがあるとすれば、やはり小田実さんの『何でも見てやろう』ですね。それは別格のようなものとして存在していた。だから、僕が旅に出る時期に気になっていたのはそれ以外のもので、たとえばその一つが竹中労さんの文章だったんです。ちょうど僕が旅に出る直前に、あの人は台湾を初めとして東南アジアを歩いていたんですよ。時々、「話の特集」にレポートを送ってきていて、それを断片的に読んでいて、東南アジアにおける旅のスタイルみたいなものが面白いなと思った。

それからもう一つ、ちょうどその前ぐらいの時期に、檀《だん》一雄さんがポルトガルに行っているんですね。コインブラの近くのサンタクルスとかいう港町で夢のように安上がりの生活を送ってきたらしいというのが、頭の中に少し入っていた。

さらにもう一つは、ちょうど旅に出る前の年くらいから井上靖《やすし》さんが「文藝春秋」に「アレキサンダーの道」という連載物を始めていたんです。平山郁夫さんが挿絵《さしえ》を描かれていて。その中で、アフガニスタンからイランを通ってトルコへ、というルートの旅をあのおじいさんたちがやっているわけですよ、江上波夫さんと三人で。どういうわけか僕の視野にはアメリカが入っていなくって、もしどこか外国へ出ていくならばやっぱりユーラシアという感じが強くあった。それも、小田さんはアメリカからヨーロッパを回ってアジアへ、というルートだから、僕は当然その逆回りで行くという感じがあった。で、東南アジアに竹中労さんのイメージがあって、ポルトガル近辺に檀さんのイメージがあって、その中間ぐらいに井上さんたちがやっている老人三人組の旅、という三つのイメージがあって、それをバスでつなげてみたらどうなるかという意識が頭の片隅《かたすみ》にありましたね。

山口　『深夜特急』の中にも出てきますけど、当時、ユーラシア大陸を横断する幻のバス路線があるんだという話をよく耳にしませんでしたか?

沢木　ロンドンとデリーがつながっている、そんな話はよく聞いたよね。でも情報は錯綜《さくそう》していて……。その意味で僕は、井上さんたちの旅に割と勇気づけられたんですよね。あの人たちが行ったのは僕がまさにバスで行こうかなと思っているルートだったわけで、ちゃんと行けるのかなと不安に思っていたところをとにかく彼らはジープを仕立てて行った。もちろん専用ジープで、行く先々の大使館には大使が待っているという、そういう旅ではあったけれども、とにかく道はつながっているらしい、行けるみたいだということがわかった。少なくともアフガニスタンからトルコのイスタンブールまではオーケーみたいだという感じがして、これはありがたかった。

先日、平山さんに、広島でシルクロードのシンポジウムをやるので出てくれないかと言われたんですよ。シンポジウムには出たくないというのが僕にはあって、本来なら簡単に断っていたはずなんですけど、平山さんには、「あのとき、あのおじいさんたちがあそこに行っていなければ僕も行っていなかったかもしれない」という恩義を感じて、義理を果たすつもりで出席させてもらうことにしたんですよ。会場の控室でその話を平山さんにしたら、「あのときはまだそんなに老人ではありませんでした」と言われてしまった（笑）。

山口　今のわれわれとそう違わない年だったんじゃありませんか（笑）。

沢木　金子光晴の話に戻るけれど、例の三部作を読んでいて、たしかにすごい作品だけど、どこかかったるいなと思い続けていたんですね、僕は。なぜか理由はよくわからないけれどかったるい。それが最近、金子光晴がちょうど旅をしている時点で書いた紀行文の存在を知ったんです。全集には入っていないけれども、「フランドル遊記」というタイトルで、ちょうどベルギーにいるときに書いたらしい。

山口 へえ、それはまだ読んだことがないな。

沢木 これを読むと、三部作で描いたのと同じ時期のことを書いているのだけれども全然違う。旅を生きているというか、旅が存在している。三部作では、旅は死んでいるよね。もちろん、金子光晴というあの特異な個性は生き生きとしているけれども、彼《か》の地に五年もうごめいていた旅そのものの質感はない。恐らくそれは、七十歳を過ぎてから四十年前ぐらいのことを書いたという、単純に言ってしまえば時間の問題なんだろうなと見当をつけていたけれど、「フランドル遊記」を読んでみてそのことがよくわかった。自分の心情を描くダイレクトさがもう格段と違うんです。やはりあの金子光晴にしても、四十数年後だとああいうもので、その渦中《かちゅう》にあるときに書いていた紀行文はこういうものであるという、違いがよくわかって感動しましたね。

山口 『マレー蘭印紀行』も、あれは渦中で書いてるんですよね。だから後の三部作とは全然タッチがちがう。もっとも、金子光晴は、三部作を書いてるあいだにも、どんどん方法論が変わっていくんですけど。最後の『西ひがし』なんかめちゃくちゃで、旅先で出会った少女が目の前で白蛇《はくじゃ》になったりする。

沢木　もうこれは創作してしまおう、という意図がはっきり窺《うかが》えますね。

山口　よくいえば新たな紀行の可能性、ですか。まあ、いずれにせよ、書くときは記憶のなかをもう一度旅して、そのなかで見たこと感じたことを書くわけですからね。厳密にいえば、旅の直後だろうと十年後だろうと、条件は大同小異かもしれない。きっと金子光晴は、数十年後の内面の旅で、白蛇に化身する少女をたしかに見たんでしょう。そうとしかいいようがないですね。これ、かなり本質的な問題だと思うんだけど、沢木さんなんか、どう意識してるんですか？

沢木　僕が旅から戻って、『深夜特急』を書き終わるまでに十五年以上かかっているんですね。さらにこれが十五年先ぐらいだったらどうだっただろうか。ある程度メモとか手紙みたいなものが残っているから、三十年後でもオーケーだったような気もするけれど、でもきっとまったく質が変わってしまっただろうね。山口さんがもし、今の時点でパリの時代のことを書こうと思ったら、どういう質のものになるのかな。

山口　たぶん、一種の韜晦《とうかい》が色濃く出てくるでしょうね。

沢木　僕らぐらいの年齢になるとやはり韜晦が出てきてしまうのかな。

山口 どういうわけか、私は出ますね。いやはや、どうも若気の至りで（笑）、みたいな感じがどこかに出てくるんですよ。たまに雑誌なんかに、昔のパリ話をちょこっと書いたりすると、背後に頭をかいてる自分がいるのがわかりますね。場面のなかで私を動かしたり喋らせたりしても、なんだか、現在の私が腹話術をしているみたいで、一人称になり切って自由に歩き回ることができないんです。そこを方法的にクリアしたところに、沢木さんの大作があるんだと思うんですけど。

沢木 『深夜特急』は雑誌に載せた香港についての文章がもっとも原型に近くて、あれが僕にとっては金子光晴の「フランドル遊記」に当たるんでしょうね。あの三十枚か四十枚のものを拡大していくというか、その中を生きていくという感じをつかんだとき、『深夜特急』はできていたんだと思います。

スタイルはさまざま

沢木 山口さんといえば香港ということになってしまうけど、そもそもなぜ香港だったんですか？

山口 沢木さんとはちょうど逆のアプローチで、私はまずパリに行って、そこからふり返ったというかたちかな。

私はそれまで、ベトナム反戦みたいなこととしてたくせに、本当のベトナム人というのを見たことがなかったんです。ベトナム人民、というのじゃなくて、血の通っている現物のベトナム人を見たのは、パリが初めてでした。よく、移民が安い中華料理屋なんかやってるでしょう。そういうなかで、そうかベトナム人というのはこういうものなのか、チャイニーズはこういうものなのかということが徐々にわかってくる。また、そんなことをしていると、こっちがベトナム人に間違えられる、中国人に間違えられるという目にもあいますよね。そういう体験の中で、自分がアジア人に解体されていく気分というか、そういう過程を味わってたんだと思うんです。

それともうひとつ、西欧的な意味での都市というもののイメージも、パリにいてわかってきた。この話はよくするんですが、パリにいると、フランス人が、私に道を聞くんです。オートルートから車でパリの中へ入ってきた田舎の人が、わざわざ私をつかまえて、サンジェルマン・デ・プレはどっちだなんて聞く。いったいどうしてなんだとフランス人にたずねると、道を聞く相手がフランス人だと、そいつもおのぼりさんである可能性があるけれども、髪の色の違うやつは絶対パリジャンに決まっているから、それでお前をつかまえるんだろうというんですね。

沢木 なるほど、面白い話だね。

山口 パリというのはそういう国際都市ですよね。またそこは、西欧近代がそのまま風景になったような街でもある。自由、平等、博愛なんて文字が、今でも大建築の破風に掲げてあったりして。

しかし連中は、ちょうどその時代にべつの都市も作ってるんです。植民地香港が成立するのは一八四二年ですが、前後してフランスはベトナムに上陸してハノイをプチパリにしちゃう。あるいは上海ができて大連ができる。光と影というか、その裏側の部分はどうなっているのかということが、パリにいると気になってきたんでしょうね。それで香港なんだと思います。理念的に香港が好きになったといいますかね。

沢木 ずいぶん意外ですね。もっといいかげんな理由かと思ったら（笑）、そうじゃない。

山口 ま、これは半分あとから考えた理屈なんですけどね（笑）。実際のきっかけはちがうんです。ほら、夕刊紙なんかによく「この人」みたいな欄があるでしょ。パリから帰ってしばらくはそういう仕事をしてて、アイドルの女の子に、お風呂《ふろ》に入るときにはどこから洗うんですかみたいなことを質問していたわけですよ。それでたまたまアグネス・チャンと話をした。彼女に会って、香港人はなかなかすごいんじゃないかと思ったんです。当時、アグネスは来日して三年目ぐらい。十八、九ですかね。一人で出稼《でかせ》ぎにきてよくやるよな、と思った。日本のアイドルで十六で外国に出稼ぎに行く子なんていませんからね。これは大変なことではないかと思いまして、こりゃ、行ってみなくちゃ、という気になった。まあ、アグネス・チャンに感化されて香港に行くというのも情けない話だと思いますが（笑）。

それから、べつにヨイショするわけじゃないけど、沢木耕太郎というひとが書いた香港紀行も読みましたよ。『深夜特急』の原型になった文章だと思うんですが、あれで街歩きのイメージが固まった。発表誌は、たしか「月刊プレイボーイ」でしたよね。

沢木　そうです。旅から帰ってきて一年か二年後ぐらいだったと思う。

山口　そのころ、香港についてのまともな紀行なんて一つもなかったですね。沢木さんが書いたのを読むまで、きっと私のなかには、香港の「絵」がなかったんじゃないかな。

当時の香港というのは、団体旅行のおじさんおばさんならいざしらず、いい若いもんが旅という字を胸に出かけるところではなかった。だから、活字の世界ではまったく等閑視されていて、紀行とかそういうものの対象ではなかったんですね。

沢木　たしかに、〝香港を旅する〟という感じの文章はあまりなかったように思いますね。

で、アグネス・チャンに触発された山口さんは具体的にはどうしたんですか？

山口 とにかく出発したわけです。七六年のクリスマスの日でしたか。横浜からソ連の船で。香港は初めてだったけど、頭の中にはいちおう地図が入っていましたからね。九龍のオーシャン・ターミナルから上陸して、頭の中の地図に従って歩いて行ったら、ネイザン・ロードに出た。

沢木 もうネイザン・ロードが頭に入っているというのはすごいよね。

山口 そうですか？ だって何度も何度も市街図をひっくり返してたんだから（笑）。

沢木 昔、高田保が行ったこともないパリを隅から隅まで知っていたとかという、それに近いじゃないの。

山口 常盤新平さんも、ずい分長いこと、ニューヨークに行ったことのないニューヨーク通だったんでしょ。

沢木 僕はまったく逆で、どこへ行くにも地図を持っていかないし、ガイドブックの類《たぐ》いもほとんど読まない。空港でも駅でも、到着したら街の中央にはどう行ったらいいのかを誰かに聞いて、そこに行く。そうすると何か起きるじゃないですか。その〝何か〟に導かれるようにして泊まるところが決まってくる。そうすれば、あとは歩くこととバスに乗ることでだいたいの街の感じをつかむことはできるし、自由に動いていくことが可能になる。旅先ではいつもそれを繰り返してきたから、事前に地図が頭に入っているということはまったくなかった。

山口　私は地図だけ頭に入れて、もう行かなくていいやと思ったところがいくつかあるけど（笑）。

沢木　僕はそういうやり方だから、一人じゃないとだめなんですね。一人だから自由に動いていくうちに頭にだんだん地図ができていく。だけど誰かと一緒に行っちゃうと、向こうは地図やガイドブックなんか用意してその街のことをいろいろ知っているわけだから、どうしてもそっちに引きずられてしまう。そうすると僕固有の地図が全然頭に入らない。もちろん、ガイドブックに出ているような観光スポットとやらに連れていかれるのも悪いことじゃない。一人だったら多分こういうところに来なかっただろうな、来れなかったろうなと思うところが当然ありますからね。でも、自分の頭の中の地図が虫食いになってしまうというか、点だけしか残らないのが落ち着かなくてね。それに、本当に不思議なことなんだけど、たとえば一人旅だった『深夜特急』の時は一年余りの旅で三冊分も書くことがあったわけですよね。ところが、友達と一緒だとあまり書くことがなくなってしまう。以前、友人たちと一カ月ほどスペインを回ったことがあったんだけど、そのときの経験は、一行だね。「面白かったな」と。ただそれだけ。

山口　そういうもんなんですね。その感じ、よくわかりますよ。

早すぎず、遅すぎず

沢木　二人がはじめて外国に行ったのは、たまたま同じ二十六歳だったんだけど、自分を正当化するために(笑)、やはり二十六、七ぐらいがいいのではないか、余り早く外国に行く必要はないのではないかと言い切ってしまいたいように思うんだけど。

山口　私もまったく同意見です。

沢木　ちょっと遅目ぐらいの方がいいよね。いろいろなことがあった後で。

山口　そうなんです。今の若者の実感はわからないけれども、二十六ぐらいというのは、最後の自由のぎりぎりのいい見当なんだと思う。

沢木　その年齢だと、若干の世間知とか判断力がついていて、いろいろなことに対するリアクションもできる。たとえば十八、九ぐらいで、わけもわからないままアメリカに行ったりすれば、旅だけじゃなく、異性のことだとか、ドラッグだとか、いろいろなものを一度にやらなければいけないでしょう。だけど二十六というのは結構それなりに順序を経ているんだよね。大学を出て、何がつまらないかを知ったとか、それから女の子のことでも苦労もちょっとはしてみた。そういうプロセスは必要だと思う。十七、八で行くとそれらを全部一緒にやらなければいけない。大変だよね。

山口　『深夜特急』を今回読み返してみて、やはり若過ぎてはいけないな、と感じたのは、たとえば「黄金宮殿」の中の曖昧《あいまい》宿での身の処し方ですね。それから、マカオもね。あれはティーンエージャーじゃまずい。二十六ぐらいだったら、のめり込む部分もあるし、同時にそれを見返す何かもある。十代で黄金宮殿に行ったら萎縮《いしゅく》しちゃうと思いますよ。あのお姐《ねえ》さんと初体験はキツすぎる（笑）。突破すべきことが多すぎてしぼれない。

沢木　ドサッとやらなければいけないみたいな、ね。

山口　それに、二十六ぐらいだと、オレもけっこう食っていけるなという手ごたえも少しは感じているわけだから、学生が無銭旅行するのとは違いますよね。

沢木　そうですね。それはそうとう大きいことかもしれないね。だから、異国で余り若い子たちを見ると痛々しい感じがするときがある。

山口　余りにイノセントだったり、あるいは変に図太かったりね。

沢木 そう。すべてのことが一時に彼の中に押し寄せてくるもんだから、選別できないまま反応しちゃうんだろうね。

山口 ある種いっしょうけんめいなんだけど、その分モノが見えていない。

沢木 旅の途中で、二十六、七ぐらいのアメリカのやつとよく遭遇したけど、そういう連中の中には、アメリカに帰ったら大学に入り直して、また企業に勤めるつもりだというのがいたな。ほら、ハリウッドの映画スターの中にも、モロッコあたりを放浪してから俳優学校に入って成功したというようなのがいくらもいるでしょ……。

山口 昔で言うドロップ・インというやつですね。

沢木 それが日本では出にくい。この前、平山郁夫さんとその話をしていた時に、日本でもそうならなければ嘘《うそ》ですねとおっしゃるから、手初めにそういう連中を芸大で受け入れてくれますかと尋ねたんですよ。なにしろ彼は芸大の学長先生ですからね。でも、最後は「やはり、それは難しいかな」ということになってしまったんだけど、本当はそういう大学があってもいいんだよね。

山口 いいですよね。帰国子女の特別枠《わく》なんてのはあるけれど、あれはお国のために「外地」で苦労した一家の子女に与えられるものだから。

沢木 今でも、社会に出ていった人が四十、五十になってもう一度大学に入り直すというのはあるし、もちろんそれはそれで素晴らしいことだと思うけど、二十五、六歳とか三十いくつといったレベルの人が一度外に出ていって、もう一度戻れるというのがあるとありがたいよね。

山口 それにはいろいろな制度を根底から崩していかないと。

沢木 徐々に崩れかけているような気もするけれども、まだまだそうはいかないか。

山口 一旦《いったん》ドロップ・アウトするとまたうまくドロップ・インする回路が日本にはない。結局フリーライターをやるくらいしかないでしょう。副業にテレビに出るくらいが選択の幅で、もう一回銀行員になったりすることはできないわけですよね。

沢木 そうだね。戻ってきてライターになるとかプロダクションに入るとか、それぐらいのルートはあるけれども、銀行員になるとか役人になるとかいう回路はない。それがあると面白いのにね。

山口 銀行員や役人のなかに、それを面白いと思うひとがいるかどうか。

沢木 小学生みたいな小さな子供たちに、年がら年じゅう外国の話をしている先生がいたらいいよね。

山口 生徒には印象の強い先生になるでしょうね。

沢木 また二十六歳の話に戻るけれど、二十五、六ぐらいで行ったらいいなと思うのは、いろいろな人に会ったり、トラブルに見舞われたりするたびに、自分の背丈がわかるからなんですよね。

山口　わかりますね。わかるからこわくなる。

沢木　日本の国内にいるときにはなかなか自分の背丈は測れないものだけど、外国にいると怖いくらいに測れてしまいますよね。

山口　そうですね。日本文化には、共同体への参加の仕方、出方、そういうところで過保護なところがありますからね。背丈を測らないですむようなシステムにとりかこまれている。

沢木　異なる国の人や文化と対応する訓練という点で、日本人には経験が乏しいんだろうな。

山口　乏しいんですね。しかし、明治以降で考えてみると、少なくともアジア地域では、日本ぐらい国民が外国体験をしている国というのはないんですね。全部兵士としてですけども。日清、日露、シベリア出兵になる頃には、すでにどんな村にも外国を見た人がいたんじゃないですか。

沢木　当時、東南アジア圏に出ていった農村の兵士というのは、そこを異なる国というふうには余り理解していないところがあるじゃないですか。これから自分たちが行くのは歴史も価値観もだいぶ違っているところなんだという意識はなくて、日本をずぶずぶと延長しただけのもので納得理解していってしまう。向こうの人を「土民」と片付けてしまってね。だから何をしても許される、という発想につながっていくわけだけれども。

山口　国の境がグラデーションになっちゃうんですね。「南方」とか「南洋」、「大陸」なんていう言い方はその意味で象徴的かもしれない。

沢木　異国、あるいは異国の人との対応の仕方というのを、彼ら、というか、僕らの父親の世代はレッスンしてこなかったんだと思うな。

山口　してこなかったんでしょうね。日中戦争のときなんて五年も六年も向こうにいて転戦していたひともいるでしょ。あの人たちは一体何だったのか。何をしていたのか。向うが生きてるうちに、ちゃんと聞いとかなくちゃいけないな（笑）。

まあ、特殊な例かもしれないけど、同じ帝国主義、植民地主義の手先でも、西欧から日本に来た人たちを見ると、たとえばアーネスト・サトウなんか、ちがいますね。ああいう一群の人たちは、既にその国の利益代表ではなくて、日本の文化と真っ向から向きあう、一種の文化冒険者ですよね。

沢木　日本人で、その土地に深く根差して、その土地の文化を理解して、しかもその土地の人たちに尊敬されるみたいなところまでいった知識人というのはほとんどいないでしょう。皆無に近いのじゃないかな。

山口 そうですね。あまり聞かないですね。

どこから始めるか

沢木 山口さんには、将来、長期にわたってどこかを歩いてみようとか、また香港のようにどこか一点にとどまって眺《なが》めてみようとかというプランはないんですか？

山口 ハワイとか、そういう普通の観光客が行くような〝つまらない〟ところにじっくりいてみたいなという感じはずっとあります。沢木さんはハワイに行ったことありますか。

沢木 もう何度も行っています。世の中で一番好きなところのひとつといっていいですね。

山口 そんなことをいうと、沢木ファンががっかりしますよ（笑）。でもたしかにハワイはいい。私も、取材で一回、トランジットで一回ぐらいの体験しかないんですが、これはいいなと思いました。「ハワイの旅、あたりまえの旅」というのをどっかで書かせてくれないかな（笑）。

沢木　いいなあ。ハワイについては、最近、マウイ島とかカウアイ島だとかの高級リゾートホテルに滞在してマリンスポーツを楽しむ、といった記事を眼《め》にすることが多いけど、僕もこの類《たぐ》いの旅には全然興味がない。オアフ島もワイキキ、この周辺だけでいい。ワイキキのアラワイ運河のほとりにアパートを借りて、朝起きて近所のレストランに行ってパンケーキなんか食べて、次にハワイ大学の図書館に行く。そして風に吹かれながら昼寝をしたり、英語の本をちょっとパラパラと見たり、自分で持っていった本を読んだりする。十二時になると学生食堂で学生にまじって昼食を食べる。また一、二時間、図書館で本を読んで、それからアラモアナのショッピングセンターにバスに乗って行く。公園の前の海岸で一泳ぎして、帰りにスーパー・マーケットで肉とか野菜を少し買ってアパートに戻ると、すぐに夕食の下ごしらえに取り掛かる。それを済ましておいてから、おもむろにジョギングに出掛け、帰ってくるとビールなど飲みながら調理をして、秋から冬にかけてならアメリカン・フットボール、春から夏にかけてなら野球をテレビで見つつそれを食べる。そして夜十時ごろに近所の飲み屋で一杯飲んできて寝る。理想の一日だね。

山口　私だと、まずバスに乗って、あのすさんだチャイナタウンへ行く。中国語の新聞を眺めながら、ちょっと飲茶《ヤムチャ》もする。それからアラモアナのショッピングセンターの隣の体育館みたいな大食堂に出かけて、「コリアンBBQ《バーベキュー》」のちょっと情けないカルビ定食を食べる（笑）。カルビを飯の上にのっけただけみたいなやつね。

沢木　あるある。そうか、そこが山口さんと僕の違うところなんだ（笑）。でも、山口さんの方が妙な固定観念がないだけ軽やかで自然に見えますね。

山口　ああ、ハワイはいい。

沢木　ハワイというのは日本人にとって最も抵抗感の少ない〝外国〟なんです。あんなに抵抗感の少ないところは、まず世界にないんじゃないですか。

山口　そうですね。それは私の乏しい体験からも感じますね。

沢木　同じ海辺のリゾート地でも、マイアミみたいなところだとやはりアメリカの本土が持っている威圧感があるけれども、ハワイは風土にも人間にも威圧感がありませんよね。言葉が通じる通じないは別にして、日本人にとって最も抵抗感のない異国なのはそのせいじゃないかな。香港は威圧感があるというわけではないけれども、人間の数の絶対的な多さみたいなものがあって、通過するときに擦《こす》れるような抵抗感を覚えるような気がする。

山口　香港は力が要りますね。エネルギーが要る。私も取材みたいな仕事で行くときは、つらいことがよくあります。出発の朝まで原稿やってたりして寝てないから、這《は》うようにして通関する。空港の表に出た途端に熱い湿った風が吹きつけてくる。そのときに、よしっ！ と気合を入れないとだめなんですよ。

沢木 街にあらがうという面白さはあるけどね。

山口 そう。でもハワイは違う。

沢木 同じような熱い風があっても全然違うね。ゴム草履と短パンとTシャツだけで暮らせるという気楽さもあるのかな。

山口 それと、ハワイは一面で日本の近代百年と並走してますからね。日本からの移民がたくさんいて、カウアイ島なんて今でも日系人の方が多いわけですよ。ゴルファーのデヴィッド・イシイというひとにインタビューしたことがあるんです。彼はカウアイ島出身ですけど、小さいときから日本人のコミュニティーしか知らなくて、どうしてテレビには白人が出ているのかわからなかったといってましたね。

沢木 その空気が観光客の日本人にも感じられる……。

山口 日本人にとってハワイというのは親和力の強いところだと思いますね。

沢木 僕は、一番最初に行ったのは韓国で、次がハワイ。そしてそれからしばらくして香港を振り出しに長い旅に出た。もし、『深夜特急』の旅に多少でもうまくいった点があったとすれば、まず韓国やハワイや香港といった近いところで旅に関するレッスンをしてもらってから、インドや中近東に入っていけたということかもしれませんね。

山口　まあ、パッケージツアーで往復してるだけじゃ心もとないけど、本来、香港とかハワイとか、そういうところから旅のレッスンを始めるのは、非常にいいことなんです。

はじめはまず文化的に近いところから行く、というのもひとつの考え方でしょう。はなからヨーロッパなんかに行ってしまうと文化的な距離が大き過ぎる。よく冗談であるじゃないですか。パッケージツアーでパリに行った女の子がホテルに帰ってきていうんです。ビックリしちゃった、きょう外人に話しかけられちゃった（笑）。こういう環境だと、周りが外人なんじゃなくて、自分が外人だということに気づくのさえなかなか難しい。これじゃだめなんで、同じ顔したひとのいる外国のほうが、文化のちがいがきわだつからいいんです。

ヨーロッパの連中にとっては、同じ顔をしたやつが外国人なんですね。たとえばベルギーへ行くと、見た目には誰がフラマン人で誰がワロン人なのか全然わからないま、お互いに敵対しているわけでしょう。自分も間違えられるし、自分も相手のことがわからない。しかし、だからこそそこにコミュニケーションが生まれ、文化的な摩擦を通して、お互いの出自の違いへの理解も生まれる。これが私に言わせると外国体験なんだよね。

沢木 なるほど、そこから始まるんですね。そういう外国体験を得るためには香港とかハワイがいい、ということになる。

山口 そう。みんなが五万円、六万円程度の費用で行っているところね。あれは非常に正しい選択なんだけれども、その選択を生かせていない。本当にそう思いますよ。買い物するだけが香港じゃないんだから。

以前に書いたことがあるけれど、香港の警察の前で警察官募集の看板を見ていると、いきなり勧誘係から袖《そで》を引っ張られたことがあります。「私は日本人なんですけど」と言ったら、「香港人になっていないのか、それじゃだめだな。なれよ。なれば警察に入れるから」と言うんです。顔では見分けのつかない異文化のなかで、間違えられるという体験にはなかなか快感があります。

沢木 皆がみな警察にリクルートされなくったっていいけど（笑）、そういうところから入っていく外国というのは面白いね。

山口 とっても面白いんですよ。そういうところを旅のレッスンの第一課でやるといい。

沢木　またぐるっと一回りして年齢の問題に出てくるのだけれども、確かにそういう面白がり方は、余り若くてはできないかもしれないね。

山口　二十六が適齢期。上でも下でもいけない。

沢木　今日は二人で二十六歳適齢期説を自己正当化した（笑）。

あの旅をめぐるエッセイI

孤寒

先日、資料置場を兼ねた仕事場があるアパートのエレベーターに乗ると、扉の内側に悪戯描《いたずらが》きがしてある。それも公衆便所の中で見かけるような露骨な絵入りのものである。眼の高さに、リアルというほどでもないが抽象化されてもいない女性の性器が、どーんと描かれている。それまでも、子供の悪戯描きを見ることはあったが、この種のものは初めてだった。アパートの何階かにミュージシャンの卵のための練習用貸しスタジオができ、それ以来、そこに出入りする若者たちのせいでアパートの内部が荒れてきたように感じられていた。あるいは、彼らの仕業かもしれないなと思った。私がそう思ったのは、子供にしては描かれている位置がいささか高すぎるということとは別に、その絵の傍に「ホーミー」という文字があるのを見つけたからだ。

それから何日かすると、「ホーミー」の横にさらに「沖縄語」という注釈が書き込まれてあった。確かに、「ホーミー」は沖縄の俗語で女性器を表す言葉なのだ。私がミュージシャンの卵の仕業ではないかと思ったのも、そこに沖縄の俗語が記されていたからである。仕事でか遊びでかはわからないが、とにかく沖縄へ行き、「ホーミー」という言葉を覚えてきた誰かが、ふと悪戯描きをしてみたくなったに違いない、と。

私がどうして「ホーミー」が沖縄の言葉だとすぐにわかったかといえば、それにまつわる苦い思い出があったからなのだ。

もうかなり以前のことになるが、私がぽつぽつと文章を書きはじめた頃に、沖縄の離島に行ってルポルタージュのような、紀行文のようなものを書くという仕事があった。その文章を収めた本が出版されると、それを読んでくださったらしい、とりわけ沖縄とは深い関わりを持つ作家から、人を介して「あのホーミーというのはシーミーの誤りではないですか」との連絡を受けた。私はある箇所で「シーミー茶」と書くべきところを「ホーミー茶」と記していたのだ。もちろん、誤植ではなかった。人から聞いた話を誤って記憶しておきながら、確かめもせずに記したための間違いだった。それにしても、ひどい間違いを犯したものだ。「ホーミー茶」とはいったいどんな茶だろうと、言葉の意味を知っている人は驚いたに違いない。そう思うと、それからしばらくは思い出すたびに耳を塞《ふさ》いで大声を上げたくなるほどの恥ずかしさを覚えた。

文章を書いて口に糊《のり》するというようなことを続けていると、誰でも一度や二度は頭を抱えたくなるような誤りを犯すに違いない。それも、私のようにノンフィクションという、自分の知りもしないことを調べ、もっともらしく文章にするといった仕事をしていると、その頻度はかなり激しくなる。ひとつ仕事を終えては、しまった、ということになる。それでも、時間が恥ずかしさを薄めてくれ、しばらくするとまた書きはじめてしまう。そうやって、いくつも、いくつも、恥ずかしい誤りを犯してきた。

今のところ、私の最も新しい本は昨年の春に出したユーラシアに関する紀行文ということになるが、もちろんそれも例外ではありえない。しっかりと、見事な誤りを犯していた。誤りというよりは勘違いといった方が正確だが、その勘違い、笑って済ますわけにはいかないほどひどい勘違いだった。

それがわかったのは、広東語の勉強をしているという男性の読者からの手紙によってだった。手紙の中で、その方は、礼儀正しく、面白く読ませてもらったと書いてくださったあとで、香港の章に気になることがあるので自分の知っていることを記すといい、広東語についての知識を披瀝《ひれき》してくださっていた。

その紀行文の中の、香港の章で、私は知り合いになった娼婦が占いをしてくれたという挿話を書いていた。

私が泊まっていたのは、連れ込み同然の安宿だったが、そこに頻繁に出入りしている娼婦がいた。暇な時には宿の主人夫婦などと帳場の片隅でマージャンなどをしている。そのうちに顔馴染《なじ》みになった彼女は、金のない私のためにジュースなどをおごってくれるようになった。ある日、その彼女が私の部屋に遊びにきた。といっても、彼女は英語を解せず、私は広東語を話せない。なんとなく、手持ち無沙汰《ぶさた》で困っていると、彼女が机の上に転がっているボールペンに眼を留め、便箋《びんせん》に何かを書きはじめた。それは0から9までの十個の算用数字だった。そして、私にボールペンを渡すと、書いてみろと促す。言われた通りに0から9までを書くと、その下にもういちど同じものを書けという。私はまた0から9までを書いた。すると、彼女はその二列に並んだ数字をじっと見つめ、しばらくしてから、意外に美しい筆跡で漢字を書きつけはじめた。その時になって初めて、それが一種の占いであることがわかった。

有恒心

胸襟広大

まず、記されたのがそれらの文字だった。私の性格は「有恒心」で「胸襟広大」であるらしい。正確にはわからないが、そう悪い見立てでもなさそうだ。ところが、彼女はさらにこう付け加えたのだ。

孤寒

意味はわからなかったが、私はこの文字を美しいものと感じ、そこに孤独とか孤立とかに通じるロマンティックなイメージを重ね合わせて納得してしまった。彼女は、私の未来に、孤独で寒々しいなにかを感じ取ってしまったのではないだろうか、と。そして、紀行文にもそのような意味のことを書いてしまったのだ。

ところが、広東語の学究だというその男性によれば、「孤寒」にはそのようなロマンティックな意味はまったくないのだという。そして、彼が遠慮がちに記すところによれば、なんとそれは「吝嗇《りんしょく》」を意味する言葉なのだという。私は愕然《がくぜん》としてしまった。

ケチ！

彼女は別に私の未来を孤独なものになるだろうなどと言っていたのではなく、単におまえはケチだと言っていたのだという。もしそれが正しいとすれば、まったく頓《とん》狂《きょう》な勘違いをしてしまったものである。そしてその時、それまで納得できていた情景が、不意に、まったく異なる意味を持って揺らぎはじめてきた。なぜあの時、彼女は私をケチなどといったのだろう。吝嗇によって金を使わないのではないことはわかっていたはずなのに、なぜ……。

だが、それにしても、「有恒心」と「胸襟広大」と「孤寒」とは、いったいどのように結びつくのだろう。私の性格はいったいどうなっているのだろう。

（87・11）

この作品は、一九八六年五月新潮社より刊行された『深夜特急　第一便』の前半部分です。

深《しん》夜《や》特《とっ》急《きゅう》1

—香港・マカオ—

新潮文庫　さ－7－51

平成六年三月二十五日　発行
令和元年五月十日　六十二刷
令和二年七月一日　新版発行
令和五年五月三十日　七刷

著者　沢《さわ》木《き》耕《こう》太《た》郎《ろう》

発行者　佐藤隆信
発行所　株式会社　新潮社
郵便番号　一六二—八七一一
東京都新宿区矢来町七一
電話　編集部(〇三)三二六六—五四四〇
　　　読者係(〇三)三二六六—五一一一
https://www.shinchosha.co.jp

価格はカバーに表示してあります。

乱丁・落丁本は、ご面倒ですが小社読者係宛ご送付ください。送料小社負担にてお取替えいたします。

印刷・株式会社光邦　製本・株式会社大進堂

ISBN978-4-10-123528-8 C0126